Renée Amiot

D0841661

La Face cachée de la Terre

Éditions de la Paix

Renée Amiot

La Face cachée de la Terre

Collection *Ados/Adultes*

Éditions de la Paix
Pour la beauté des mots et des différences

© 1998 Éditions de la Paix

Dépôt légal 2e trimestre 1998
Bibliothèque nationale du Québec
Bibliothèque nationale du Canada

Imprimé au Canada

Direction de la collection Steve Fortier
Illustration Éric Morneau
Graphisme Olivier Rivard
Infographie Yannick Ménard
Révision Jacques Archambault

Éditions de la Paix
125, rue Lussier
Saint-Alphonse-de-Granby
Québec J0E 2A0
Téléphone et télécopieur (514) 375-4765
Site web www.netgraphe.qc.ca/editpaix
Courriel editpaix@total.net

Données de catalogage avant publication (Canada)

Amiot, Renée, 1954-
          La Face cachée de la Terre
          (Ados/Adultes ; 2)
          ISBN 2-921255-57-X
          I. Titre. II. Collection.
PS8551.M55F32 1998   C843'.54   C97-941643-4
PS9551.M55F32 1998
PQ3919.2.A44F32 1998

— Attends-moi, Siria !

Je me retourne et ralentis le pas pour permettre à Perséa de me rejoindre. Elle est tout essoufflée, comme si elle venait de parcourir la station au complet au pas de course. Cela me fait rire.

— Qu'est-ce qu'il y a de si drôle ? demande-t-elle en replaçant d'une main malhabile quelques mèches de cheveux.

— Si tu te voyais l'allure, tu rirais aussi.

En vérité, ce n'est pas son physique qui est si loufoque, mais plutôt les situations dans lesquelles elle se met continuellement. Perséa est une jeune fille de 18 ans (la plus âgée de notre génération) qui fait presque son mètre quatre-vingts et qui est blonde comme... comme... C'est incomparable, en fait. Sur ce point nous sommes à l'opposé l'une de l'autre. Moi je n'ai que 17 ans, un mètre cinquante-sept à tout casser et les cheveux noirs comme la nuit, qui me donnent un visage plutôt austère, mais nous sommes les meilleures amies du monde. Presque des sœurs.

— Il faudra un jour que tu m'expliques ce que tu entends exactement par *mon allure*, rétorque Perséa.

— D'accord, mais en attendant concentre-toi plutôt sur le cours qui vient.

— Comment peux-tu me rappeler ça ? Misère ! Je me demande si je verrai seulement la fin de cette formation.

— Il le faudra bien, pourtant.

— Je ne suis pas certaine que tout cela me réjouisse. J'aurais préféré rester bien tranquille ici et finir mes jours en contemplant simplement les étoiles !

— Allons, courage ! Comment peux-tu dire une chose pareille ? Nous avons toute la vie devant nous et je ne peux pas croire que tu songes sérieusement à vivre en ermite ici pendant qu'Aldébarus et moi...

— Justement ! Aldébarus et toi, vous n'aurez absolument pas besoin de moi pour recréer la vie là-bas. Je ne tiens pas du tout à être votre chaperon.

— Per-sé-a !

Comme nous arrivons devant la pièce qui nous sert de salle de cours depuis que nous sommes en âge d'étudier, nous nous passons mutuellement en revue, bombant le torse en tirant les épaules vers l'arrière. C'est que le lieutenant Yesev est très pointilleux sur la tenue. Il est le plus jeune officier de la station, avec ses 45 ans, et il est aussi... mon père.

— Ça va, mon uniforme ? me souffle Perséa.

D'un œil sévère je passe au crible sa tunique vert foncé qui met en évidence sa taille fine. Impeccable. Pas la moindre poussière, pas le plus petit faux pli.

— Et moi, ça va ?

— Cinq sur cinq. Il y a peut-être tes cheveux...

— Quoi ? Qu'est-ce qu'ils ont ? dis-je inquiète.

— Ils sont vraiment trop courts, si tu veux savoir.

Je hausse les épaules en souriant. Ceux de Perséa sont soigneusement noués sur sa nuque alors que je porte les miens taillés au ras du col. Je trouve simplement que c'est plus pratique comme ça et je me fiche pas mal de ce que les autres peuvent en penser. Y compris Perséa.

Sur ce, nous entrons dans la petite pièce. Aldébarus est déjà assis à sa place et semble potasser ses notes de cours. Quoi qu'en dise Perséa, ce garçon ne m'intéresse pas du tout. Il est hautain, suffisant et n'a absolument aucun charme malgré sa haute taille et sa chevelure pâle taillée en brosse. Mais il est malheureusement le seul mâle de notre génération... Il a 17 ans comme moi mais paraît beaucoup plus âgé. Son père est Theodor Zipeline, le chef de l'équipe scientifique. C'est peut-être pour ça qu'il se croit supérieur à Perséa et à moi. C'est pourtant le père de Perséa qui est le grand patron de la station. Le major Youri Kaparov dirige notre petit monde depuis près de vingt ans.

Perséa et moi nous hâtons vers nos sièges. Quelques minutes plus tard le lieutenant Anton Yesev fait son entrée, curieusement suivi par les trois membres de l'équipe scientifique, les professeurs Natacha Rikitova, astrophysicienne, Kim Nellikova, biologiste, et Theodor Zipeline, médecin.

Je jette un regard interrogateur à Perséa qui me répond en haussant les sourcils. Je ne prends même pas la peine d'observer Aldébarus. Je suis certaine que même s'il est aussi surpris que nous, il n'en laissera rien voir.

Les trois derniers arrivés prennent des sièges et s'installent sur notre droite, de façon à ce que nous puissions voir librement l'écran géant qui se trouve en ce moment derrière le lieutenant Yesev. Ce dernier n'a pas l'air aussi grave que d'habitude. Il semble même tout près de sourire. Je me demande ce qui nous vaut ce privilège.

— Depuis de nombreuses années nous avons essayé de vous donner la meilleure formation possible par le biais d'une discipline militaire très rigoureuse. Nous vous avons aussi donné une formation scientifique à la fine pointe de nos connaissances. Vous savez déjà depuis quelque temps que nous avons de grands projets pour vous. Eh bien le temps est venu de faire vos preuves. Bientôt... très bientôt même, vous quitterez cette station pour un monde meilleur que celui que nous avons connu.

Pendant qu'il parlait, les deux autres officiers, le major Youri Kaparov et le capitaine Svetlana Thekova ont fait une entrée discrète. Que se passe-t-il donc ici ? Quel événement majeur peut justifier la présence de l'équipage au complet ?

Rikitova, l'astrophysicienne, se lève pour prendre la parole.

Natacha Rikitova est le professeur qui de loin sait le mieux me captiver. Il est vrai que tout ce qui concerne l'espace me fascine depuis toujours. Chaque fois que mon emploi du temps me le permet, je m'allonge sous le puissant télescope de la station afin de repérer les étoiles et les constellations de notre système solaire. Notre planète n'est-elle pas un petit caillou de rien du tout dans l'Univers ? Un caillou qui tourne autour du soleil, jour après jour, année après année ?

Les livres dont nous disposons nous apprennent que les millions d'étoiles resteront fort probablement inaccessibles, car elles sont trop éloignées pour être atteintes au cours de la durée d'une vie humaine. Et pour cause ! La plus proche de nous, Alpha du Centaure, se trouve à quatre années-lumière. Or, sachant qu'une seconde-lumière, la distance parcourue par la lumière en une seconde, correspond à une distance de 300 000 km et qu'il y a 31 536 000 secondes dans une année...

— Mes amis, l'heure des grandes révélations est venue. Jusqu'à aujourd'hui, nous vous avons tenus dans l'ignorance des raisons véritables de notre présence sur Luna et de celles pour lesquelles vous serez bientôt lancés dans l'espace.

Il est vrai que les aînés n'ont jamais été bien bavards sur le pourquoi de l'établissement de notre station en un endroit aussi austère, pas plus que sur la nécessité d'aller explorer l'Univers à la recherche d'un autre monde pour nous accueillir. Nous avons été entraînés dans cette intention, mais allons-nous enfin apprendre aujourd'hui ce qu'ils attendent de nous.

Le monde à explorer est immense. Notre système solaire compte neuf planètes et quatre douzaines de satellites naturels. Tout cela baigne dans un environnement où filent des millions d'astéroïdes et des milliards de comètes. Et peut-être y en a-t-il encore davantage, mais ça, l'humanité n'était pas à même de le démontrer en 1978, année où l'équipage de cette station s'est établi sur Luna.

— J'aimerais bien que l'un d'entre vous se porte volontaire pour brosser un tableau de ce qui en est, annonce Rikitova en balayant du regard notre petit groupe.

Aldébarus lève aussitôt la main. Il est toujours prêt à tout celui-là. Il est tellement érudit qu'il m'arrive parfois de me demander s'il ne passe pas ses heures consacrées au sommeil à mémoriser les milliers de pages photographiées sur microfilms apportées par nos aînés !

— De ces neuf planètes, commence-t-il en se levant à son tour et en adoptant la pose d'un conférencier chevronné, on en compte cinq minuscules, soit Mercura, Vénus, Plutonius, Terra et Marsia, ainsi que quatre géantes qui se nomment Jupitera, Saturna, Uranus et Neptuna. Cette dernière à elle seule contient plus de masse que les cinq plus petites et leurs satellites mis ensemble, ce qui est tout à fait fabuleux !

Il prend la peine de faire une petite pause, puis poursuit :

— Certaines de ces planètes représentent encore un gros point d'interrogation pour de futures explorations en raison de leur nature qui s'apparente mal à la nôtre.

— Bien, l'interrompt Rikitova. Nous allons voir si ces jeunes demoiselles sauront s'en tirer aussi bien.

Aaaaah ! Je déteste être mise dans la course de cette façon, surtout quand c'est Aldébarus qui tient le flambeau. Il ne se gêne pas pour prendre de grands airs et nous regarder de haut.

— Perséa ? propose Rikitova.

Mon amie se lève lentement, toujours si peu confiante en elle, et commence d'une petite voix :

— Eh bien, madame, Vénus et Mercura...

— Parlez plus fort, exige le capitaine Thekova.

Perséa gonfle la poitrine et reprend :

— Vénus et Mercura sont situées si près du soleil qu'elles sont de véritables fourneaux chauffant continuellement à 460 et 600°C. Il serait donc impossible d'y vivre.

Marsia, elle, est un vaste désert rouge où soufflent des vents inimaginables, soit dans les 400 km/h, et où la température se maintient sous le point de congélation. Jupitera, qu'on appelle la mystérieuse, est une sorte d'océan gazeux tournant si rapidement sur elle-même qu'il se forme des bandes colorées autour d'elle. Il serait sans doute impossible de seulement même s'y poser. Quant à y vivre... Saturna, qui est très éloignée du soleil, a un sol recouvert de glace qui ne fond jamais. Les cristaux qui forment ses anneaux si caractéristiques subissent les mêmes conditions. Pour ce qui est des trois autres planètes, Uranus, Neptuna et Plutonius, elles demeurent pratiquement inconnues jusqu'à ce jour. Elles sont si éloignées de nous et du soleil qu'on doit geler tout rond rien qu'à les observer trop longtemps au télescope.

Les petits sourires en coin s'accentuent.

— À notre connaissance, aucune sonde n'en est jamais revenue.

— Merci, Perséa. C'était très bien, la complimente Rikitova. Mais...

Naturellement, il y a toujours un *mais* quelque part.

— ... il manque un élément important.

Je regarde Perséa qui hausse les sourcils alors que le vénérable Aldébarus, lui, lève la main si brusquement que sa voisine, la biologiste Kim Nellikova, sursaute sur sa chaise.

— Oui, Aldébarus ? l'interroge Rikitova.

— Nous n'avons pas encore parlé de Terra, madame.

— Exact ! Et pourquoi donc ?

— Parce que cette planète est morte, qu'elle ne présente plus aucun intérêt pour personne et qu'elle s'est d'ailleurs probablement pulvérisée.

— Erreur !

Le major Kaparov se lève après avoir lancé cette interjection qui me comble de bonheur !

— Monsieur ? demande un Aldébarus à la mine déconfite.

— Mes amis, Terra n'est peut-être pas aussi morte que nous vous l'avons laissé croire. Du moins c'est ce que nous vous souhaitons sinon votre premier vol risque d'être aussi le dernier.

— Cela signifie-t-il, monsieur, que Terra sera notre destination ? s'inquiète Aldébarus.

— Tout à fait, confirme le major. Ne venez-vous pas de le dire vous-même ? Aucune autre planète ne pourrait vous accueillir.

— Mais, monsieur, Terra est tellement éloignée de Luna que nous ne pouvons même pas la voir, même au télescope.

Les six membres d'équipage, de concert, se mettent aussitôt à rire. Je ne connais pas les raisons de cet accès d'hilarité, mais à dire vrai, la déconfiture totale d'Aldébarus me pousse à me joindre silencieusement à eux.

— Aldébarus, dit Rikitova toujours souriante, Luna est le satellite naturel de Terra. Cette planète est donc la plus près de nous.

— Mais où se trouve-t-elle alors ? Nous ne l'avons jamais vue ! s'exclame Aldébarus.

— Non, en effet. Nous ne pouvons pas la voir, car nous nous trouvons sur la face cachée de Luna, celle qui reste toujours invisible de Terra.

— Dans ce cas, qui nous dit qu'elle existe toujours ? insiste Aldébarus.

— N'ayez pas de doute à ce sujet. Comme nous sommes le satellite de Terra, si cette dernière avait explosé, non seulement des parcelles de la planète auraient jailli dans toutes les directions, y compris vers nous, mais en plus nous ne serions plus sous l'influence de sa gravité et notre orbite aurait pris fin. Nous dériverions dans l'espace et le phénomène jour-nuit n'existerait plus.

— Cette analyse me semble tout à fait juste, acquiesce aussitôt le major Kaparov.

Je profite du silence qui a suivi ces révélations pour prendre la parole, devançant Aldébarus, pour une fois !

— Si je me souviens bien, monsieur, vous êtes venu de Terra, en 1978 ?

Le major Kaparov fait quelques pas tandis que Rikitova s'assoit. Plus aucun d'entre eux n'affiche de sourire sympathique.

— Eh bien oui, autrefois nous y habitions avec quelques milliards d'autres individus. C'était une planète riche où la vie florissait autant pour nous, les humains, que pour les animaux et les plantes. Vous savez, cette planète compte dans les quatre à cinq milliards d'années d'existence ! Mais...

Encore un *mais.*

— Il se peut qu'aujourd'hui il ne reste plus rien de vivant là-bas. Il se peut que les humains aient fini par tout détruire, y compris eux-mêmes.

— Comment en seraient-ils venus à ça ? demande Aldébarus au bord de l'indignation.

— Oh, c'est toute une histoire ! Nous étions deux grands pays rivaux, les États-Unis d'Amérique et l'Union des républiques socialistes soviétiques. Nous nous affrontions, entre autres, dans la conquête de l'espace et malheureusement, de l'armement nucléaire. En principe, il s'agissait d'armes de plus en plus sophistiquées dont le but était de nous protéger contre une éventuelle attaque de nos adversaires. Mais une sorte de folie s'est emparée des deux clans et les armes sont devenues de plus en plus terribles à mesure que la tension montait entre eux. En fait nous en avions presque oublié la conquête spatiale, obnubilés par notre puissance de feu.

Une nouvelle pause nous permet d'observer nos aînés. Ils ont tous les traits tendus et, ma foi, on ne peut pas dire qu'ils soient à la fête en ce moment.

— En 1973, soit il y a 25 ans, les États-Unis ont mis fin à leur programme spatial Apollo. Ce dernier consistait en grande partie à atteindre Luna et à s'y poser... ce qu'ils ont d'ailleurs réussi en 1969. Par contre c'était nous, l'Union soviétique, qui avions envoyé le premier homme dans l'espace, le cosmonaute Youri Gagarine, en 1961. C'était aussi une de nos sondes, Lunik III, qui avait envoyé vers la terre les premières photos de la face cachée de Luna, vers 1960, et Lunik II, un an auparavant, avait été la première à se poser sur Luna – en fait elle s'y était écrasée – prouvant ainsi que notre satellite naturel n'était pas fait que de vapeur... ou de fromage.

— De... fromage ? s'étonne Aldébarus. Qu'est-ce que c'est ?

— Un aliment. De vieilles légendes racontaient que le sol de Luna était fait de fromage.

Les officiers et les scientifiques, nos parents, sourient timidement. Aldébarus lève la main.

— Pourquoi les Américains ont-ils abandonné le programme Apollo ?

— Je pense, répond Rikitova, qu'ils ne s'intéressaient plus aux missions sur Luna. Il n'y avait rien à y explorer et leur orgueil d'avoir été les premiers à s'y poser était satisfait. La course à l'armement, elle, était loin d'être terminée. C'est pourquoi nos dirigeants de l'époque et nos scientifiques ont eu l'idée d'établir sur le satellite abandonné une base secrète où les plus grandes découvertes de l'humanité seraient à l'abri d'une éventuelle guerre nucléaire qui anéantirait la race humaine. Non seulement cette station serait-elle construite sur la face cachée du satellite, mais elle serait également enfouie dans le sous-sol, à l'abri des regards de voyageurs et de chutes possibles de météorites, par exemple.

— Pardon, major Kaparov...

— Oui, Perséa ?

— Je voudrais savoir pour quelle raison vous parlez de *face cachée* de Luna. Vous en avez aussi fait mention tout à l'heure.

— Oui, c'est vrai. Voulez-vous y répondre, Natacha Rikitova ?

— Eh bien voilà. Terra tourne aussi sur elle-même, dans un temps déterminé qu'on appelle une journée. Luna fait de même mais comme la durée de sa rotation est exactement égale à la durée de sa révolution autour de Terra, elle présente donc toujours la même face à Terra. Celle qui reste invisible est ce que les terriens appellent la *face cachée de Luna*. .

— Merci, madame.

Soit dit en passant, ça me fait toujours drôle d'entendre Perséa appeler sa mère *madame*... !

— L'équipage de cette curieuse mission a été sélectionné avec grand soin, poursuit le major Kaparov. Non seulement allions-nous passer une partie de notre vie ensemble, enfermés dans notre station, à veiller sur les *trésors scientifiques* de l'humanité jusqu'à ce que tout danger soit écarté, mais nous allions aussi devoir assurer notre descendance pour le cas où l'attente se prolongerait au delà de notre génération. Les scientifiques ont été choisis les premiers, selon leur spécialité. Puis trois officiers de sexes opposés ont été sélectionnés en tenant compte, autant que possible, de leur rang, de leur compétence et de leur affinité, disons... affective, avec les membres de l'équipe scientifique : le lieutenant Anton Yesev avec la biologiste Kim Nellikova, le capitaine Svetlana Thekova avec le docteur Theodor Zipeline et moi-même avec l'astrophysicienne Natacha Rikitova. De ces unions est née la génération nouvelle, votre génération : Siria, fille d'Anton et de Kim ; Aldébarus, fils de Theodor et de Svetlana ; Perséa, fille de Youri et de Natacha. Désormais nous allions devoir vivre selon nos propres moyens, sans aucun contact avec notre planète d'origine.

Un grand silence se fait dans la petite pièce. Tout cela est à peine croyable.

— Voilà, finit par dire Kaparov. Nous avons jugé qu'il est grand temps de savoir ce qui se passe sur notre bonne vieille Terra. Aussi, dans les jours prochains, nous préparerons une expédition à la surface de Luna afin de vous faire voir l'astronef à bord duquel nous sommes venus. Le temps presse et il vous reste tant de choses à apprendre !

Je suis sur le point de demander au major en quoi il y a si soudaine urgence, mais je change d'avis. C'est le genre de question qu'un officier avale facilement de travers.

Nous sommes libérés pour le reste de la journée. Tout en marchant vers la cantine, j'éprouve un léger vertige à l'idée de l'effet qu'on doit ressentir de n'être plus enfermé à l'intérieur de couloirs d'acier. Jusqu'où le regard peut-il se porter lorsque c'est la voûte étoilée qui nous sert de plafond ?

DEUX

C'est le jour de la grande virée sur notre sol *en fromage*. J'ai l'air de plaisanter comme ça, mais en réalité la nervosité me tord l'estomac. Perséa semble au bord de la crise de nerfs et Aldébarus, comme toujours, donne l'impression de dominer totalement la situation. Mais je donnerais ma chemise pour connaître les pensées qui se bousculent dans son crâne savamment tondu.

Nous sommes réunis autour du capitaine Thekova dont la mission est de nous familiariser avec l'équipement de sortie. D'ailleurs elle nous accompagnera au cours de cette première expédition.

— Nous porterons un scaphandre comme celui-ci, dit-elle en nous présentant à une forme plus ou moins humaine suspendue à un crochet. L'espèce de grosse boîte que vous transporterez sur votre dos est en fait un réservoir à oxygène et un dispositif de conditionnement d'air. C'est drôlement lourd mais à l'extérieur, où la pesanteur est six fois moindre que celle de l'intérieur de la station, vous la sentirez à peine. Il en est de même pour votre poids corporel. Vous ne vous serez jamais sentis aussi légers ! Les combinaisons spatiales vous protégeront, entre autres du froid extrême qui sévit en ce moment puisque nous sommes dans un cycle nocturne. Les combinaisons sont pressurisées de l'intérieur, imperméables à l'air et à l'épreuve de la chaleur et du froid.

— Quelle température entendez-vous par froid ? demande Perséa.

— Environ -150°C. À titre de référence, ici dans la station, nous maintenons la température aux alentours de 20 degrés.

— Ouais !... s'exclame Aldébarus.

— De l'air frais circule sans arrêt à l'intérieur de la combinaison afin d'assurer un certain confort pour travailler. En d'autres mots, vous vous baladerez en transportant votre propre atmosphère et votre climat personnel.

— Stupéfiant ! dis-je, aussitôt approuvée par mes compagnons.

— Maintenant parlons un peu de l'extérieur. Comme je vous l'ai dit, nous sommes en pleine nuit et ce, pendant trois jours encore. En fait l'obscurité n'est pas aussi totale que celle du dortoir à l'extinction des feux, mais la visibilité est passablement réduite.

— Mais qu'est-ce qui fait le jour et la nuit ? demande Aldébarus.

— C'est notre position par rapport au soleil et le fait que nous tournions sur nous-mêmes. Quand nous nous trouvons cachés du soleil par Terra, on dit que nous sommes en période de nuit lunaire. Cela dure environ quatorze jours. Maintenant, je ne saurais trop vous mettre en garde contre les effets de l'apesanteur. Je vous accorde que c'est tout à fait grisant au début, mais de grâce soyez prudents. Une chute pourrait endommager votre équipement et alors...

Et alors pas besoin de nous faire un dessin, nous avons parfaitement compris.

— Si vous n'avez pas d'autres questions nous allons procéder.

Procéder veut dire nous harnacher et sortir à la surface. Mon cœur bat si fort à l'idée de ce qui nous attend que j'ai peur que Svetlana Thekova l'entende. Que penserait-elle de moi ?

• • •

Nous prenons tous place dans la cabine d'accès à l'extérieur. Une fois la porte étanche refermée, la dépressurisation se met en marche. Je sens mon équipement qui s'allège de plus en plus. C'est comme si... il se volatilisait ! À voir le visage de mes compagnons (en tout cas ceux de Perséa et d'Aldébarus) à travers leur casque, je constate qu'ils ressentent la même chose que moi. Puis, sans bruit (il n'y a pas d'air donc pas de son), la porte extérieure glisse sur ses rails et nous révèle le panorama le plus lugubre qui puisse exister.

Devant nous, c'est le vide, le désert. Au premier coup d'œil, il n'y a rien d'autre que de la poussière grisâtre. C'est la désolation totale. Je lève les yeux vers le ciel et la présence des étoiles me réconforte un peu. Vues dans leur réalité, elles sont mille fois plus intenses qu'à travers le télescope.

— Alors, les enfants, vous appréciez le paysage ? demande le capitaine Thekova.

— Il y a tellement de poussière ici, capitaine, que si le lieutenant Yesev voyait ça, je connais un concierge cosmique qui en prendrait pour son grade !

Nous éclatons tous de rire, d'autant plus que cette remarque vient de la timide Perséa.

— Bon, mettons-nous en route. Nous ne disposons que de deux heures d'oxygène et la prudence exige que nous soyons de retour ici au moins trente minutes avant l'épuisement de nos réserves.

— Bien, capitaine, acquiesce un Aldébarus curieusement silencieux depuis un bon moment.

Est-ce que notre surhomme aurait de petites craintes, par hasard ?

— Une dernière chose avant de partir. En cas de malaise, ne tentez pas de résister. Prévenez-moi immédiatement. Le Dr Zipeline sera prêt à intervenir. Toute forme d'héroïsme mal placé pourrait avoir des conséquences dramatiques.

J'acquiesce d'un signe de tête en jetant un coup d'œil à Perséa, puis à Aldébarus. Je n'ai pas de crainte pour la première, mais une telle éventualité porterait sûrement un sale coup à l'orgueil de monsieur !

Nous nous mettons en marche de ce drôle de pas qui nous donne l'impression d'avancer au ralenti. Je me sens si légère dans cette absence d'atmosphère que je me permets, quoique prudemment, quelques bonds spectaculaires.

— Siria, qu'est-ce que tu fais ? me demande Perséa.

— Tu vois bien, je vole ! dis-je en riant.

— Sois prudente ! me prévient-elle.

Mais voilà qu'Aldébarus commence à faire la même chose, bientôt imité par Perséa elle-même. Nos éclats de rire remplissent nos casques de plexiglas. Dommage que mon père ne soit pas là pour voir ça. Lui qui nous crie sans arrêt que nous sommes les aspirants les plus mous et les plus minables de toute la galaxie !

Je me retourne et je distingue parfaitement les feux de position de la cabine d'accès, vert à tribord et rouge à bâbord. Un peu en retrait, le capitaine Thekova marche d'un pas souple et régulier.

Perséa s'arrête tout à coup. Elle porte la main à son casque et penche un peu la tête.

— Tu ne te sens pas bien ? demande Aldébarus.

— Je ne sais pas... J'ai la tête qui tourne.

— Ton système d'arrivée d'oxygène fait peut-être défaut, suppose Aldébarus en se plaçant derrière elle. Hmmm... Je ne comprends pas grand chose à tous ces machins. Je ne peux pas voir...

— J'ai de la difficulté... à respirer...

Une voix ne tarde pas à se faire entendre.

— Perséa ? C'est le capitaine Thekova. Que se passe-t-il ?

— Perséa éprouve un malaise, dis-je. Elle a beaucoup de difficulté à respirer. Je crois qu'il y a un problème avec l'arrivée d'oxygène.

— Perséa, m'entendez-vous ? dit Thekova qui a allongé le pas pour nous rejoindre.

— ... Oui.

— D'abord, calmez-vous. Siria !

— Oui, capitaine.

— Regardez dans son dos. Il y a un voyant situé au sommet des bonbonnes d'oxygène. Est-il allumé ?

Je regarde attentivement mais ce n'est pas facile car Perséa n'arrête pas de bouger. Cependant, pour autant que je puisse voir, il n'y a pas de voyant allumé.

— Non, capitaine. Je ne vois aucune lumière.

— Bien, dit le capitaine en nous rejoignant. Cela signifie que l'arrivée d'oxygène est normale. Que ressentez-vous exactement ?

Perséa agrippe le bras de Thekova.

— J'ai une boule dans la gorge... Je ne peux pas avaler... Je crois que je vais être malade.

— Restez calme, je vous ramène à la station. Et vous ne serez pas malade, ce n'est qu'une impression, désagréable je l'admets, mais tout à fait passagère. Cela arrive souvent la première fois.

Puis s'adressant à Aldébarus et à moi :

— Vous deux, ressentez-vous quelque malaise ?

— Non, capitaine, dis-je.

Aldébarus répond de même.

— Dans ce cas vous pouvez continuer sans nous. L'astronef se trouve à une centaine de mètres dans cette direction. Assurez-vous de bien garder le cap en suivant les traces de pas dans la poussière. On les distingue un peu malgré l'obscurité. Et même à cette distance, vous pourrez toujours apercevoir les feux de position de la station.

— D'accord, fait Aldébarus.

— Oh, n'oubliez pas que vos réserves d'oxygène ne sont pas éternelles !

— Ne vous inquiétez pas, nous nous en souviendrons, dis-je en commençant à marcher.

• • •

Le trajet se fait en silence jusqu'à ce que nous commencions à deviner dans la nuit une vague silhouette. Plus nous approchons et plus elle donne l'effet d'être une épave.

— Ça alors ! s'exclame Aldébarus. Nous n'allons tout de même pas voler dans cette... dans cette chose qui tombe en ruine !

— Ne t'énerve pas, dis-je. Allons d'abord voir de plus près ce qui en est.

— Je ne m'énerve pas, je constate seulement que cet engin est hors d'état de voler.

Au premier coup d'œil, c'est aussi l'impression que j'ai mais la silhouette est trompeuse, car elle est partiellement recouverte d'une bâche qui la confond assez bien avec le paysage.

Nous nous séparons pour en faire le tour chacun de notre côté. L'engin est de bonnes dimensions, capable, selon moi, de transporter quatre ou cinq passagers. Sur son flanc, une inscription. Je m'approche pour mieux voir les caractères et je peux lire :

ЛУНИК II

— Viens voir, Aldébarus ! Je crois que j'ai trouvé le nom de l'astronef.

Aldébarus arrive aussitôt.

— Lunik II... Lunik II ?... Mais ce n'est pas le nom de notre satellite qui s'est écrasé sur Luna ?

— En effet...

— Je ne comprends pas très bien.

Nous en sommes là dans nos réflexions lorsque la voix de Thekova nous parvient.

— Alors les jeunes ? Vous avez trouvé ce que vous cherchiez ?

— Euh... Nous avons trouvé quelque chose mais... hésite Aldébarus.

— Bien. Revenez immédiatement à la station. Surtout ne vous écartez pas de la piste. Et ne vous inquiétez pas pour Perséa, elle est remise de ses émotions maintenant.

— Bien, capitaine.

TROIS

Nous sommes tous réunis de nouveau dans la salle de cours, y compris Perséa qui me semble un peu bizarre. Je n'ai pas eu le temps de lui parler et je suis soucieuse à son sujet. On dirait qu'elle fuit mon regard. Le plus grand silence règne dans la pièce, ce qui n'a rien pour me rassurer. Le major Kaparov finit par se lever en se frottant les mains.

— D'abord, avant d'écouter ce que vous avez à nous raconter, je crois que vous serez heureux d'apprendre que Perséa se porte très bien maintenant, n'est-ce pas Dr Zipeline ?

— En effet, approuve ce dernier. Vous n'avez rien à craindre pour sa santé.

Il jette un regard vers Perséa qui baisse aussitôt les yeux en rougissant. C'est alors, seulement, que je m'aperçois qu'elle a pleuré.

— L'équipement de Perséa, après vérification, n'a montré aucune anomalie. Les problèmes respiratoires qu'elle a éprouvés étaient de nature... anxieuse. C'est ce que les livres appellent la phobie des grands espaces. Depuis que vous êtes nés, vous vivez dans un environnement très confiné. Le fait de se retrouver dans un endroit sans limites physiques peut occasionner une sorte de panique qui se traduit par des difficultés à respirer, des vertiges, des nausées...

Zipeline fait une courte pause, puis poursuit :

— Avec le temps Perséa s'habituera à cette situation, elle apprivoisera sa peur. Aussi, suivra-t-elle la même préparation que vous et nous ne pouvons qu'espérer que son état s'améliore rapidement.

— Merci, Dr Zipeline, dit Kaparov. Et maintenant passons au but de votre expédition. J'imagine que vous avez des choses à raconter... et des questions à poser ?

Aldébarus et moi nous regardons comme pour décider lequel d'entre nous prendra la parole le premier. Il me fait un léger signe de tête que j'interprète comme une invitation à commencer. J'acquiesce donc et me lance.

— Je crois – ou plutôt nous croyons – que vous avez voulu duper d'éventuels visiteurs, américains ou autres, en recouvrant l'astronef d'une bâche et de poussière afin de dissimuler son aspect réel, étant donné que vous ne pouviez l'enfouir dans le sol au risque de ne plus pouvoir l'utiliser. Puis vous avez transcrit sur sa coque le nom de ce satellite, Lunik II, qui s'était écrasé... en 1959, je pense.

— Bravo ! s'exclame Kaparov.

— Mais monsieur, objecte Aldébarus, cet astronef ne pourra jamais décoller ! Son état est lamentable.

— Lamentable ! répète le major en grimaçant. Qu'est-ce qui vous permet de croire une chose pareille ? Avez-vous déjà vu un astronef hors d'usage ? Hmm ?

— C'est-à-dire... Non, monsieur, mais je crois pouvoir reconnaître une épave quand j'en vois une.

Cher Aldébarus ! Il n'y a que lui pour avoir le culot de répondre ainsi à un officier supérieur. Décidément il aura besoin d'être remis à sa place.

— Eh bien sachez que c'est bel et bien dans cet astronef que vous atteindrez Terra et si cela ne vous satisfait pas, vous pourrez toujours y aller au pas de course... et sans combinaison !

L'équipage au complet, qui assiste à la réunion, fait des efforts dignes de mention pour ne pas pouffer de rire.

— Vous m'avez bien compris ? ajoute le major en foudroyant du regard un Aldébarus rendu muet. C'est à bord de cet engin que vous vous envolerez vers Terra. De plus sachez que les réservoirs de carburant ne contiennent plus que la quantité nécessaire pour effectuer ce retour. La seule fois où vous l'utiliserez devra donc être la bonne. Et pour m'en assurer, je vous promets que vous vous entraînerez en simulation jusqu'à ce que vous puissiez le piloter les yeux fermés.

Par Jupitera, j'ai rarement vu le commandant aussi énervé !

— Je me demande, monsieur... Si Terra est déserte, comment pourrons-nous revenir vous chercher ? dis-je.

— Si c'est le cas, répond le lieutenant Yesev, nous resterons ici. Nous continuerons d'être les gardiens de la mémoire de l'humanité jusqu'à ce qu'elle périsse avec nous.

— Quant à moi, je resterai avec vous, décide Perséa. De cette façon l'humanité bénéficiera d'un sursis d'une vie et même davantage puisque je pourrai procréer à mon tour.

Quoi ! J'ai du mal à croire que Perséa puisse être sérieuse ! Elle refuse de mener une vie plus excitante... Elle refuse à 18 ans de voir ce qui se fait ailleurs !

— Pour l'instant, malaises ou pas, vous poursuivrez le même entraînement que vos deux compagnons, tranche Kaparov plutôt sèchement.

— Je crois que tout le monde a besoin de repos, intervient le Dr Zipeline.

— En effet, convient le major. Rendez-vous ici même, demain matin à neuf heures. Vous pouvez disposer.

Aldébarus, Perséa et moi nous nous levons aussitôt au garde-à-vous. Puis nous saluons nos supérieurs et quittons la pièce sans regret.

— Perséa, il faut que je te parle, dis-je à l'oreille de l'intéressée en sortant.

— Ça ne peut pas attendre ? Je suis épuisée. J'ai envie de dormir.

— Tu dormiras après.

Perséa soupire et traîne de la patte, mais elle me suit quand même jusqu'à la cantine. Aldébarus, lui, a filé droit vers ses quartiers.

• • •

J'avale d'un trait mon jus au parfum de fruit alors que Perséa, la tête entre les mains, n'a pas touché au sien.

— Tu ne bois pas ?

— Pas soif, répond-elle en faisant la moue.

— Perséa, il y a quelque chose qui me préoccupe dans ton histoire.

— Ah oui ? Quoi donc ?

— Tu te rappelles, l'autre jour, quand tu m'as dit que cette mission ne t'emballait pas du tout, que tu préférerais rester ici à finir tes jours en contemplant le ciel...

— Les étoiles.

— Bon, d'accord, les étoiles si tu préfères. Est-ce que tu étais sérieuse au point de... de feindre ton malaise de ce matin ?

Perséa lève les yeux de la table et me dévisage.

— Alors ? insisté-je.

— Alors, non. J'ai vraiment eu un malaise.

— Mais ça t'arrange, n'est-ce pas ?

Cette fois elle hésite.

— Je ne sais pas, Siria. Je ne sais plus. Je meurs de trouille à l'idée de partir... mais en même temps je ne peux pas dire que mon avenir ici m'enchante.

— Alors promets-moi une chose.

— Ça dépend quoi.

— Que tu vas tout faire pour me suivre. Que tu vas oublier cette stupide idée de faire des enfants avec les vieux. Non mais tu t'imagines, avec mon père ou le Dr Zipeline ? Parce que, évidemment, tu dois éliminer le tien, ton paternel. Y as-tu pensé sérieusement ?

Elle hoche la tête et pouffe de rire en plaçant sa main devant sa bouche comme si c'était inconvenant.

— Bon. Je vois que tu deviens raisonnable. Alors on garde ça pour nous deux, mais tu n'oublies pas que là-bas, sur Terra, il y aura probablement des tas de garçons de notre âge qui se battront pour t'avoir. Tu es si belle, ce n'est pas comme moi... !

— Tu n'es pas si moche que ça ! s'exclame-t-elle. Sauf peut-être ta coupe de cheveux...

Et elle rit encore. Je retrouve enfin notre vraie Perséa.

— Je compte sur toi. D'accord ?

— D'accord.

— Allez, bois ton bon jus artificiel en rêvant à tous ceux que nous pourrons boire *nature* sur Terra.

— Tu es très optimiste, n'est-ce pas, en ce qui concerne Terra ?

— Oui. Je fais confiance aux humains. Après tout, ils ne peuvent pas être fous au point de tous s'entre-tuer !

— ... Peut-être.

— Sûrement.

QUATRE

Le major Kaparov nous avait promis un entraînement haut de gamme... eh bien il n'a pas menti. Nous avons été livrés entre les mains de mon impitoyable père. À toute heure du jour, il nous oblige à parcourir la station en tous sens, au pas de course. Puis il ne ménage pas les redressements et les tractions pour, dit-il, développer au maximum notre force et notre endurance musculaire. D'après lui, nous aurons besoin de tout ça. Moi je ne vois pas comment le fait d'être enfermés dans une cabine pendant des jours peut justifier autant d'efforts physiques.

Pendant ce temps également, à l'aide de reproductions des différents tableaux de bord de l'astronef, Svetlana Thekova nous enseigne les manœuvres de pilotage. Puis un matin...

— Allez tous vous mettre en tenue. C'est aujourd'hui que vous découvrirez ce qu'est réellement l'intérieur d'un astronef, annonce le capitaine.

— Enfin ! s'exclame Aldébarus. Mais pourquoi n'avons-nous pas reçu notre instruction sur les lieux mêmes ?

— Parce qu'il nous aurait fallu utiliser d'importantes réserves d'oxygène, à la fois pour les scaphandres et pour l'intérieur de la cabine.

— Et alors ? Ne pouvons-nous pas en produire à volonté ?

— ... Oui, mais ç'aurait été parfaitement inutile.

Je remarque l'hésitation à répondre du capitaine Thekova. Plus ces petites anomalies s'accumulent, changements d'humeur, sous-entendus, hésitations, plus j'ai l'impression qu'on nous cache quelque chose.

En entrant dans ce qui nous sert de vestiaire, je remarque qu'il manque deux scaphandres sur les six habituellement suspendus. Où ont-ils pu aller ces deux-là ? Comme j'en fais la remarque à Perséa, cette dernière hausse les épaules et dit :

— Peut-être qu'ils sont en réparation.

— Voyons, Perséa. Comment des habits qu'on n'utilise jamais peuvent-ils avoir besoin d'être réparés ?

— Est-ce que je sais, moi ! me répond-elle nerveusement.

Ce signe d'impatience est parfaitement compréhensible. J'avais oublié que la première sortie de Perséa s'était plutôt mal terminée et qu'elle redoute certainement celle-ci.

— N'aie pas peur, Perséa. Tout ira bien cette fois. Tu sais maintenant à quoi t'attendre et puis comme nous sommes en phase de jour lunaire, ce sera beaucoup moins effrayant.

— Si seulement tu pouvais avoir raison !

— Alors, les filles, vous vous remuez un peu ! s'écrie Aldébarus qui semble déjà prêt à sortir. J'ai hâte de me dégourdir les jambes.

Le capitaine Thekova est également prête, mais je vois dans ses yeux qu'elle devine ce qui se passe dans la tête de Perséa. Elle s'approche de nous et aide mon amie à enfiler son scaphandre puis à ajuster le casque.

— Ça va aller, Perséa. N'ayez pas peur, je reste avec vous.

Perséa acquiesce d'un mouvement de tête et nous nous dirigeons tous vers la cabine d'accès.

À mon grand étonnement, le *jour lunaire* n'est pas tellement différent de la nuit. On y voit peut-être un peu plus, mais il n'y a pas de quoi se pâmer. Thekova et moi marchons de chaque côté de Perséa tandis qu'Aldébarus se déplace d'un pas rapide. Il faut bien convenir qu'il est plutôt gracieux. Il semble si à l'aise dans son scaphandre qu'il est difficile de croire qu'il ne le porte que pour la seconde fois.

— Ça va, Perséa ? dis-je en tournant la tête vers elle.

— Ne me parle pas, Siria, sinon je m'écroule.

— Vous êtes incommodée par des vertiges ? demande Thekova.

— Entre autres, oui. J'ai aussi mal au cœur et ma gorge est si serrée que j'ai l'impression d'être étranglée par une main invisible.

— Respirez bien. Ce n'est qu'une question de détente. Ne fixez pas le sol, regardez droit devant vous.

— Oh !

Thekova et moi nous arrêtons ensemble, prêtes à soutenir Perséa.

— Aldébarus ! s'exclame-t-elle encore.

Je regarde dans la même direction que mon amie. Tout ce que je vois de notre compagnon est l'énorme boîte qu'il porte sur son dos. Lui-même est étendu sur le ventre et malgré ses efforts, il semble incapable de se redresser.

— Ne bougez pas, Aldébarus ! crie Svetlana Thekova. Vous risquez d'endommager votre combinaison.

Oubliant Perséa et ses malaises elle se lance d'un pas souple vers Aldébarus. En fait elle ne court pas, elle bondit plutôt d'un pied sur l'autre. Pourvu qu'elle ne perde pas l'équilibre à son tour !

— Viens, Perséa. Elle aura besoin d'aide pour redresser Aldébarus.

Sans protester, Perséa se met à marcher à mes côtés. Lorsque nous arrivons près de notre compagnon en mauvaise posture, le capitaine Thekova est déjà près de lui, légèrement penchée vers l'avant et l'enjoignant de ne pas tant gesticuler.

— Perséa et Siria, prenez-lui chacune un bras.

Elle-même se place près de la tête d'Aldébarus et glisse ses mains sous les épaules.

— À mon signal nous tirons tous à la fois et vous, Aldébarus, essayez de vous mettre à genoux.

— Et si ma combinaison est percée, quelque part sous moi ? s'inquiète le misérable au bord de la panique.

— C'est un risque à courir... à moins que vous ne préfériez rester là jusqu'à ce que votre oxygène soit épuisé.

— D'accord, d'accord. Allez-y.

Sur l'ordre de Thekova nous manœuvrons pour tenter de le relever. En raison de l'apesanteur, je suppose, nous y parvenons assez facilement. Une fois sur les genoux, Aldébarus, toujours avec notre aide, réussit à se remettre sur ses pieds.

— Ça va ? demande soudain une voix dans laquelle je crois reconnaître celle de mon père.

Je lève la tête et vois venir du côté de l'astronef les deux scaphandres manquants.

— Ça va, lieutenant, répond Thekova. Il semble qu'il y ait eu plus de peur que de mal.

Aldébarus respire à fond.

— Vous tiendrez le coup ? demande l'autre voix qui appartient, celle-là, au major Kaparov.

— Oui, monsieur. J'ai seulement fait un faux pas.

— Et vous avez eu de la chance, mon garçon. Cette chute aurait pu vous être fatale.

— Je sais, monsieur. Je serai plus prudent, soyez sans crainte.

Que j'aime ces humbles paroles dans la bouche de l'insolent Aldébarus !

— Et pour vous, commandant, comment vont les choses ? demande le capitaine Thekova.

— Nous avons presque fini. La bâche est totalement retirée et nos amis vont pouvoir nous aider à terminer l'époussetage.

Il ne reste qu'une soixantaine de mètres à franchir avant d'arriver au but. Là nous restons bouche bée. L'astronef se dresse devant nous dans toute sa splendeur. Il semble plus gros, maintenant qu'il est débarrassé de son camouflage. Nous sommes encore en extase pendant que les trois officiers finissent de balayer ce qui reste de poussière. Je comprends mieux l'indignation du major lorsque Aldébarus a étourdiment douté de la capacité de vol de ce... bijou amoureusement entretenu par l'équipe.

— Alors, vous venez ? nous demande Kaparov.

Le lieutenant Yesev est parvenu à ouvrir la porte du sas qui fait le lien entre l'extérieur et la cabine de pilotage, ce qui permet de passer d'un milieu oxygéné à un milieu qui ne l'est pas et vice versa. Une fois tous les six à l'intérieur, nous avons peu de temps pour mettre en pratique (toujours en simulation) ce que nous avons étudié sur des plans grandeur nature. Du coin de l'œil je surveille Perséa et à ma grande satisfaction, elle semble remise de ses malaises. Pourvu que ça dure !

Le retour à la station se fait normalement... sauf peut-être pour Perséa qui respire difficilement malgré les paroles rassurantes du capitaine qui semble l'avoir prise sous son aile.

CINQ

Je n'arrive pas à dormir. Les yeux grands ouverts dans le noir, j'entends la respiration lente de Perséa, signe qu'elle refait le plein d'énergie après une dure journée qui l'a passablement éprouvée. Le problème est que le sommeil n'est pas contagieux. Au contraire !

Il me vient une idée. Depuis des semaines je n'ai pas eu l'occasion d'aller observer le ciel. Nous avons été tellement occupés que je n'ai pas trouvé une minute pour aller m'allonger sous le télescope. Eh bien pourquoi ne pas y aller maintenant ?

Sans bruit j'enfile un pantalon et un maillot, puis je sors du dortoir malgré le couvre-feu. Cela n'a plus grande importance maintenant. Et puis j'ai passé l'âge d'être réprimandée pour avoir désobéi au règlement.

Pour me rendre à l'observatoire aménagé au-dessus des quartiers de l'équipage, je dois passer devant la cantine. Plus je m'en approche, plus des voix se précisent. Je ralentis le pas. Malgré ce que je viens de dire à propos du couvre-feu, je préférerais que mon équipée nocturne passe inaperçue. Je m'arrête à quelques pas de la porte ouverte, et de là me parvient la voix du Dr Zipeline.

— ... pas assez de temps. Il faut accélérer l'instruction.

— Mais il nous reste tant de choses encore à leur apprendre ! proteste Kim Nellikova.

— Nous leur enseignerons l'essentiel, le strict minimum et pour le reste ils le découvriront bien tout seuls, ajoute Zipeline.

— Et d'après vous quel est l'essentiel ? interroge Natacha Rikitova.

Il y a un court silence où j'imagine le Dr Zipeline en train de soupeser mentalement l'importance de chaque élément.

— Ils doivent connaître la configuration du monde, peut-être quelques caractéristiques du pays d'où ils viennent...

— Ce n'est pas essentiel, tranche Kaparov qui me semble de plus en plus nerveux.

— Alors au moins de celui où ils atterriront, de même que les rudiments de la langue parlée dans ce pays.

— Vous êtes sûr que nous avons fait un bon choix à ce sujet ? s'inquiète le capitaine Thekova.

— Je crois sincèrement que c'est le meilleur endroit possible, acquiesce le major Kaparov.

Une autre pause m'amène à me demander si je ne devrais pas rebrousser chemin. Cette conversation me semble si grave qu'il serait très hasardeux pour moi de risquer d'être aperçue maintenant. J'allais tourner les talons lorsque le capitaine Thekova demande :

— Et Perséa, qu'en faisons-nous ?

— Elle doit partir, répond Youri Kaparov d'un ton sec.

— C'est qu'elle éprouve de sérieux problèmes. Ça ira pour le voyage car elle sera dans un espace réduit, mais une fois là-bas..., ajoute le capitaine.

— Là-bas, comme vous dites, elle aura bien d'autres chats à fouetter que de s'apitoyer sur ses petits vertiges, rétorque Kaparov.

Des chats à fouetter ? Par Jupitera, dans quel monde nous précipitent-ils ?

— Youri, vous ne savez pas de quoi vous parlez, s'insurge le Dr Zipeline. Les troubles de panique ne sont en rien de petits caprices. Ce sont des malaises réels dont il faut tenir compte.

— Mais de toute façon, Docteur, a-t-elle vraiment le choix ? s'obstine Kaparov.

Un silence...

— Nous ne pouvons pas la pousser de force dans l'astronef, fait Natacha Rikitova.

— Elle ira de son plein gré, comptez sur moi, dit Youri Kaparov d'une voix remplie de tristesse.

Cette fois j'en ai assez entendu. Je reviens sur mes pas, j'entre dans le dortoir où repose toujours Perséa et me glisse dans mon lit, la tête sous l'oreiller. Par Jupitera, quelle fichue idée j'ai eue, ce soir, de voir les étoiles ! J'en ai maintenant un million qui explosent derrière mes yeux clos.

SIX

L'écran géant placé derrière les officiers est illuminé tandis que la pièce, elle, est plongée dans l'obscurité. Après que tout le monde fût installé, Rikitova se lève et aussitôt apparaît à l'écran ce qui me semble être une carte. Mais, par Jupitera, je n'ai aucune idée de ce qu'elle peut représenter.

— Ce que vous avez devant vous est une représentation du globe terrestre en projection plane. Pour votre culture personnelle, on l'appelle aussi un planisphère.

Petite pause pour marquer un effet... très réussi en ce qui me concerne. J'ai du mal à m'expliquer exactement ce que signifient les couleurs et les traits qui semblent donner du relief.

— Tout ce que vous voyez en bleu, c'est de l'eau. Ce sont les océans. Ils recouvrent environ 70 % du globe. Et encore, ça ne compte pas tous les lacs, les fleuves, les rivières...

— Eh bien, s'exclame Aldébarus, la dernière chose qui pourrait nous arriver sur Terra serait de mourir de soif !

— Ne vous y fiez pas, prévient aussitôt Nellikova, notre biologiste. Toute cette eau est inconsommable puisqu' elle est salée. Quant aux réserves d'eau potable encore disponibles avec l'eau douce des ruisseaux, des sources... Allez savoir dans quel état elles sont aujourd'hui ! Quand nous avons quitté Terra, le taux de pollution ne cessait de croître.

— Les zones colorées, reprend Rikitova, s'appellent des continents. Il en existe cinq qui sont à leur tour divisés en de nombreux pays de plus ou moins grande surface. La plupart de ces pays ont une langue qui leur est propre. Les plus importantes sont l'anglais, l'espagnol et le français. Mais il y en a des centaines d'autres dans le monde. Par exemple l'arabe, le cantonais, le mandarin, le hindi qui sont parlés par presque 2, 5 milliards de personnes.

— Et nous, que parlons-nous ? demande Aldébarus qui s'est passablement assagi ces derniers temps.

— Le russe, répond Kim Nellikova.

— Ce n'est pas une langue importante ?

— Elle est... enfin elle était parlée par des millions de gens qui formaient l'Union des républiques socialistes soviétiques, mais ce n'était pas une langue universelle. De plus notre alphabet est totalement différent de celui des langues occidentales comme l'anglais, l'espagnol et le français.

— Et les Américains, dis-je, ils parlent quoi ?

— L'anglais. Cette langue-là est pratiquement internationale. Les affaires, la science... presque tout est écrit ou traduit en anglais.

— C'est ce que nous devrons apprendre ? dis-je.

— Non. Vous étudierez les rudiments du français.

— Mais pourquoi ? dis-je sans comprendre. Puisque l'anglais pourrait nous servir presque partout sur la planète, pourquoi en étudier une autre ?

— Parce que là où nous vous envoyons, c'est le français qui est le plus couramment utilisé.

Aldébarus vient à ma rescousse.

— Pourquoi ne pas nous envoyer dans notre pays, en Union soviétique ?

— Supposons un instant, Aldébarus, que Terra soit comme nous l'avons laissée en 1978. Et encore là, j'imagine qu'elle aura peut-être changé et pas nécessairement en mieux. Nous ne pouvons pas vous permettre de débarquer en Union soviétique, car vous y seriez aussitôt mis aux arrêts. Le gouvernement de notre pays est très... méfiant. Et comme notre mission est à ce point secrète qu'il n'en existe aucune preuve, vous seriez tout de suite soupçonnés d'espionnage. Alors plus vous vous poserez loin de ce pays, mieux cela vaudra.

— Par ailleurs, ajoute le lieutenant Yesev, le pays que nous avons choisi pour vous est tout ce qu'il y a de plus pacifique.

— Et quel est ce pays ? demandé-je sans grand enthousiasme.

— Si nous survolons le planisphère, dit Zipeline en se tournant vers l'écran, voici où se situe le pays d'où nous venons... et voici celui où vous atterrirez.

— Mais c'est à l'autre bout du monde ! s'exclame Aldébarus pendant que je lis son nom : C A N A D A.

— On ne peut rien vous cacher, confirme Kaparov en souriant.

— Et ces gens-là ne connaissent pas l'anglais, comme tout le monde ? bougonne Aldébarus.

— Peut-être qu'ils le connaissent, mais ils refusent de le parler. D'une certaine façon c'est cet... isolement qui en fait, d'après nous, un endroit sûr.

— Mais consolez-vous, ajoute Thekova. Le lieutenant Yesev a une petite surprise pour vous.

Nous nous tournons tous vers mon père. Il se lève et sort de sa poche un petit bidule qu'on distingue à peine. Les lumières s'allument et nous permettent d'apercevoir aussi ce qui ressemble assez à une calculette.

— Ceci, les jeunes, est l'appareil le plus génial que l'Union soviétique ait produit. Il s'agit d'un interprète électronique. Vous placez cette petite pièce dans votre oreille, un peu comme un appareil auditif pour les personnes qui n'entendent pas bien, et vous gardez le capteur dans votre poche après avoir sélectionné la langue que vous avez besoin de comprendre. Le capteur enregistre alors la voix de votre interlocuteur et le message est aussitôt traduit en russe dans votre oreille.

— Il peut capter TOUTES les langues qui existent sur Terra ? s'émerveille Aldébarus.

— Non, malheureusement. Il est limité aux trois langues que nous jugions comme essentielles à l'époque : l'anglais, le français...

— ... et l'espagnol, complète Aldébarus en hochant la tête. Mais alors pourquoi nous obliger à apprendre le français puisque avec cet appareil...

— Parce que l'interprète ne peut pas parler à votre place.

SEPT

Nous sortons à peine des mains du lieutenant Yesev que l'équipe scientifique nous convoque à une réunion urgente.

— Ouf ! soupire Aldébarus en se passant une serviette sur le visage. Qu'est-ce qu'ils vont bien pouvoir trouver cette fois pour nous mettre sur les dents ?

— Tiens, fait Perséa en souriant, c'est nouveau ça ? Le grand, le fort, l'indestructible Aldébarus qui avoue avoir la trouille ! ! !

— Tu peux bien parler, toi. C'est pas mal, aussi, ton histoire de vertiges et de troubles respiratoires. Comme ça tu sais très bien qu'ils ne te laisseront jamais partir. Alors tu vas rester tranquillement ici, à te la couler douce, pendant que Siria et moi...

Il n'a pas le temps de finir sa phrase que Perséa lui écrase sa main en pleine figure.

— Aïe ! s'écrie Aldébarus. Tu m'as cassé le nez !

— Eh bien, voilà ta chance ! dis-je en continuant à marcher. Le Dr Zipeline va certainement te clouer au lit pour un an, ce qui va te faire rater le voyage.

— Tu n'es pas drôle, Siria. Je voudrais bien t'y voir ! Ça fait vraiment mal !

— Et toi tu ne sais pas de quoi tu parles, lui répond Perséa. Tu penses que j'ai vraiment envie de rester ici, avec les vieux ? Terra n'a peut-être rien d'un paradis, mais au moins vous aurez une chance d'y survivre tandis qu'ici, nous...

Elle s'arrête brusquement. Je me retourne pour la regarder et je vois qu'elle se mord la lèvre inférieure. Qu'a-t-elle été sur le point de dire ? Pourquoi s'est-elle interrompue si soudainement ? Si j'étais seule avec elle, je la pousserais à en dire davantage, mais la présence d'Aldébarus m'incite à me taire. Perséa lève les yeux pour me supplier du regard d'en rester là. J'accepte, pour l'instant, d'un léger signe de tête, mais je me promets d'y revenir quand le moment sera plus approprié.

Aldébarus, lui, semble n'avoir rien remarqué. Obnubilé par son nez, la planète pourrait sauter qu'il ne s'en préoccuperait même pas. En arrivant à la salle de cours où nous attendent les scientifiques, je dis :

— Excusez notre retard, mais nous avons été retenus par le lieutenant Yesev.

— Je vois qu'il prend très à cœur ses responsabilités, approuve Kim Nellikova.

— Asseyez-vous, nous n'avons pas de temps à perdre, enchaîne Natacha Rikitova en fixant le nez rosé d'Aldébarus. Comme vous avez pu le remarquer, l'astronef n'a pratiquement besoin d'aucune intervention humaine pour voler. Tout est contrôlé par pilotage automatique et l'ordinateur de bord peut très bien faire le travail tout seul. Nous avons quand même besoin d'un opérateur qui puisse superviser le travail et fournir à l'ordinateur les données dont il pourrait avoir besoin, surtout au moment de l'entrée dans l'atmosphère terrestre.

Nous nous regardons tous les trois, perplexes à un point tel que même Aldébarus oublie son nez endolori.

— Vous avez donc trente minutes pour résoudre par écrit les trois problèmes de pilotage suivants. Celui qui y réussira le mieux obtiendra le siège du pilote principal.

Pendant que Rikitova distribue les questionnaires, Aldébarus nous jette un coup d'œil fort significatif. Il n'y a aucun doute qu'il se voit déjà sur le siège et que nous, les *inférieures*, nous n'aurons plus qu'à nous laisser véhiculer à travers l'espace.

HUIT

Après plus de vingt heures de vol, nous quittons à peine l'orbite lunaire. Nous avons laissé la station à 00 h 00 pile selon nos chronomètres, ce qui devrait nous permettre d'arriver dans l'atmosphère terrestre cinquante-neuf heures plus tard. Il est prévu que nous entrerons dans cette dernière au milieu de la nuit afin de passer le plus possible inaperçus. Bien sûr il y aura les radars et les satellites qui détecteront notre passage, mais avec un peu de chance, nous ferons une apparition si brève et si inattendue que notre astronef se posera avant que les contrôleurs aériens aient le temps d'alerter les autorités de la planète. Notre point de chute doit se faire en un endroit relativement désert, à l'extrême est du pays nommé Canada.

L'ordinateur de vol s'acquitte très bien de sa tâche jusqu'ici. Nous n'avons d'aucune façon été dans l'obligation d'intervenir, que ce soit pour le décollage, la mise en orbite lunaire, la délivrance et finalement le lancement vers notre objectif.

Nous apercevons parfaitement Terra. Elle est énorme comparée à tous les corps célestes que nous avions observés à ce jour. Elle ressemble à une grosse masse enrobée de filaments cotonneux. Il paraît que ça s'appelle des nuages et que c'est formé de vapeur d'eau. J'ai hâte de voir ça de plus près.

À partir du moment où nous quittons l'orbite lunaire, il nous reste 353 680 km à parcourir, ce qui nous laisse suffisamment de temps pour méditer sur ce qui nous attend.

L'idée que je me fais de Terra n'a rien de bien réjouissant. Ce que nous ont raconté nos aînés ne parle que de désastres : guerres, famines, fléaux naturels et chimiques tels que déluges, sécheresses, éruptions volcaniques, ouragans, typhons et tempêtes de toutes sortes, tremblements de terre, pollution de l'air, de l'eau et du sol par des produits chimiques et des machines inventées par les humains. Par Jupitera, tout ce tableau est si sombre que je ne comprends plus pourquoi ils voulaient tant nous y envoyer !

D'où je me trouve dans la cabine, je ne peux voir le visage d'Aldébarus. Mais à son attitude décontractée, je suppose qu'il s'est assoupi.

— Aldébarus ? dis-je d'une voix douce.

Il ne bouge pas.

— Il dort, répond aussitôt Perséa.

— Tu peux le voir d'où tu es ? insisté-je.

— Oui. Il est possible qu'il fasse semblant... mais je suppose que ça n'a plus d'importance maintenant.

— Alors tu sais de quoi je veux te parler.

— Oui.

Je garde silence quelques minutes. Si les réponses de Perséa sont celles que je crois...

— C'était truqué, cet examen, n'est-ce pas ? dis-je sans prendre la peine de préciser lequel.

— Truqué... Oui et non. Ils en ont tenu compte, mais ils savaient que j'allais vous supplanter tous les deux.

— Alors pourquoi nous l'avoir fait subir ?

— C'était pour me donner confiance... Pour me donner de l'importance dans l'équipe... Pour justifier mon départ, en quelque sorte. Je ne voulais pas partir, même après qu'ils aient tenté de me faire peur en me révélant que la station était condamnée.

Par Jupitera ! C'était donc ça !

— Quel était le problème ? demandé-je.

— Le système de production d'oxygène est usé et ils n'ont plus les matériaux nécessaires pour le réparer. Rien n'est éternel, même sur un corps céleste dépourvu de toute forme d'érosion.

— Et la situation était critique au point d'avoir dû hâter notre départ ?

Je me rappelle la conversation surprise une nuit, à la cantine.

— Oui.

— Mais pourquoi ne nous ont-ils rien dit, à nous ?

Perséa secoue la tête lentement et murmure :

— Je pense qu'ils avaient peur que nous refusions de partir, de les abandonner.

— Et toi ?

— C'était leur dernier argument pour me convaincre de ne pas rester. Mais ce n'est pas ce qui m'a décidée à accepter. J'ai compris que Youri et Natacha ne supporteraient pas de me voir mourir là-haut. Ils voulaient continuer à vivre dans ma mémoire, si ce n'était dans la réalité.

— Ce n'était pourtant pas nécessaire de se sacrifier tous. Trois d'entre eux auraient pu voyager avec nous !

Perséa pivote un peu sur son siège et me regarde. Ses yeux sont pleins de larmes et je sens mon cœur se serrer.

— Ils forment une équipe formidable, tous les six. Jamais ils n'auraient accepté de se séparer.

— Nous aussi nous formerons une équipe formidable, dit une troisième voix qui vient bien sûr du fauteuil d'Aldébarus.

— Tu as tout entendu ? dis-je.

— Oui.

Ma vue se brouille. Je souhaite... Je souhaite que Terra soit meilleure que lorsqu'ils l'ont quittée.

NEUF

Nous approchons assez rapidement de la planète. Sur les conseils de nos aînés, nous avons revêtu un simple pantalon noir et un chandail blanc à col roulé sur un sous-vêtement thermique. Selon eux, le fait de nous présenter sous l'aspect de militaires pourrait nous apporter des ennuis. Aux dires de Natacha Rikitova, ces vêtements sont amplement suffisants en terme de confort puisque la température, en ce début du mois d'octobre, devrait se situer entre 10 et 15°C.

L'ordinateur de bord nous signale que nous prenons position de façon à pouvoir entrer dans l'atmosphère. Tout se passe à merveille. Nous sommes un peu secoués en raison de la forte décélération, mais je lis plus de curiosité que de crainte sur les visages de Perséa et d'Aldébarus.

Tout baigne dans l'obscurité pour ainsi dire totale jusqu'à ce que nous distinguions enfin le contour de petites montagnes.

— Eh bien ! fait Perséa. Il s'agit maintenant de nous poser sans percuter une de ces dénivellations.

— Là ! indique Aldébarus en pointant du doigt. Ça semble plat.

En effet, une grande surface plane nous laisse suffisamment d'espace pour atterrir sans danger.

— Parés à nous poser ? demande Perséa qui a déjà entrepris les manœuvres nécessaires.

— Paré, fait Aldébarus en bouclant sa ceinture.

— Parée, dis-je aussi en faisant de même et en me penchant vers mon hublot pour examiner notre site d'atterrissage.

Un faisceau lumineux balaie soudainement la surface où nous sommes sur le point de nous poser et...

— Attends, Perséa ! dis-je dans un cri.

Mais il est trop tard. Nous touchons déjà le sol... et nous nous enfonçons aussitôt. Il ne supporte pas notre poids.

— Aïe ! crie Perséa. Qu'est-ce que c'est ? Nous sommes engloutis ! Le trou nous avale.

— Je pense que ce doit être de l'eau ! s'exclame Aldébarus aussi énervé que nous.

— Alors il faut sortir de l'astronef avant qu'il ne soit submergé sinon nous allons y périr noyés, dis-je en débouclant rapidement ma ceinture.

Mes compagnons en font autant et nous nous précipitons rapidement vers l'écoutille qui se trouve au-dessus de nos têtes. Aldébarus se met à desserrer le volant et nous poussons tous les trois sur la porte étanche. L'air libre nous accueille mais pour peu de temps. Presque aussitôt des trombes d'eau se mettent à entrer par l'ouverture ainsi créée. Nous nous cramponnons pour ne pas être rejetés au fond de l'habitacle et j'entends Aldébarus crier :

— Sortons vite avant que la cabine ne soit complètement inondée !

Il grimpe le premier et disparaît rapidement. Perséa le suit et je l'aide en la poussant vers la sortie. Je ne peux rien voir de ce que je fais, mais mon seul objectif est de monter. Je retiens mon souffle, car j'ai la tête sous l'eau maintenant. Dès que je ne sens plus rien à quoi m'agripper, je fais des ciseaux avec mes jambes, comme nous l'a appris Yesev. Bientôt ma tête émerge de l'eau et une main me tire par le collet. Je m'agite pour rester à la surface.

— Par là ! crie Perséa en pointant son doigt vers notre droite.

En effet, nous ne sommes pas très loin de ce qui me semble être un morceau de terre qui sort de l'eau. En espérant que nous saurons nager jusque-là, nous nous lançons tous les trois vers le refuge espéré. Pour des gens qui ont appris à flotter dans l'air plutôt que sur l'eau, nous réussissons assez bien, il me semble.

Nous nageons un bon moment, puis nos genoux se heurtent au fond rocheux et nous nous retrouvons bientôt à quatre pattes dans l'eau. Nous nous levons péniblement et marchons pour nous mettre au sec puis nous nous laissons tomber sur le sable et les roches plates.

Personne n'a le goût de parler. Nous sommes simplement là, étendus sur le sol, épuisés.

Après de longues minutes au cours desquelles mon cœur a recouvré un rythme plus lent, je me retourne sur le dos, les yeux encore fermés. Mes oreilles ont cessé de bourdonner et le silence... Non. Ce n'est pas tout à fait le silence. J'entends un léger clapotis en direction de mes pieds et des bruits bizarres, inconnus... comme des cris ou des appels perçant la nuit. Devrions-nous nous en inquiéter ? Je suis trop fatiguée pour ça, je pense. Et puis l'air... L'air ! C'est ce que je respire à pleins poumons. Il ne s'agit plus d'oxygène en conserve, mais d'un composé pur et naturel.

J'ouvre alors les yeux. Au-dessus de moi scintillent des milliers d'étoiles. Machinalement j'essaie d'en reconnaître quelques-unes, de les situer dans les constellations qui me sont familières, mais je n'y arrive pas. Elles sont plutôt étranges. Elles semblent toujours sur le point de s'éteindre car leur intensité varie constamment. C'est bien simple, on dirait qu'elles sont vivantes.

Je tourne la tête du côté d'Aldébarus et Perséa mais ils sont parfaitement immobiles. Pourvu qu'ils ne soient pas. . .

— Perséa ?

Je reconnais à peine ma voix. Elle est tout enrouée. Je me soulève sur un coude en toussant et j'appelle de nouveau :

— Perséa ?... Aldébarus ?

Ce dernier bouge légèrement. Il était étendu sur le côté, me tournant le dos. Il se retourne lentement en toussant lui aussi et me regarde.

— Ça va, Siria ?

— Oui. Et toi ?

— Cette eau est dégueulasse. J'en ai bu sans le vouloir et ça m'a retourné l'estomac.

— Elle était salée ? dis-je.

— Et comment !

— C'est curieux. Nous sommes pourtant loin de l'océan.

Une autre toux, plus aiguë celle-là, m'apprend que Perséa reprend aussi ses esprits. Nous sommes tous sains et saufs ! Je m'assois complètement et regarde dans la direction d'où nous sommes venus. Là où nous aurions dû apercevoir notre astronef il n'y a plus rien. Il a coulé à pic. De temps à autre un petit bouillonnement à la surface de l'eau nous apprend que le liquide se faufile inexorablement dans tous les interstices du véhicule, en chassant tout l'air qu'il pouvait encore contenir.

— Eh bien ! dis-je en soupirant. Il n'est plus question maintenant de retourner sur Luna. Nous sommes bel et bien ici pour y rester.

— Oui, approuve Perséa en toussant encore. Nous pourrons finalement juger de notre valeur.

• • •

Je m'aperçois alors que je grelotte de tout mon corps. L'atmosphère est plutôt fraîche et mes vêtements trempés me glacent jusqu'à la moelle.

— Ce qu'il fait froid ! s'exclame Perséa en se frottant les bras de ses mains.

— Il faudrait bouger sinon nous allons mourir frigorifiés, ajoute Aldébarus.

— Pour une fois je suis d'accord avec toi, dis-je en me levant.

— Oh ! Regardez ! fait encore Perséa.

Nous nous tournons vers la direction qu'elle nous indique, c'est-à-dire derrière nous, et ce que nous apercevons explique amplement la surprise de Perséa. Le ciel semble en train de se déchirer au-dessus des montagnes qui nous entourent, passant du noir à un bleu sombre et profond. De minute en minute il s'éclaircit et bientôt une tache rosée croît et se répand.

— Qu'est-ce qui se passe ? interroge Aldébarus. Qu'y a-t-il derrière ces montagnes ?

— On dirait... une explosion, dis-je les yeux rivés sur l'étrange phénomène.

Un battement se fait entendre derrière nous. Nous nous retournons vivement et apercevons, au-dessus de l'endroit où nous avons échoué dans l'eau, de petites bêtes qui se mettent à voler. C'est le battement de leurs ailes sur l'eau qui nous a effrayés. Je remarque alors que même de ce côté, le ciel s'est éclairci et que toutes les étoiles ont disparu. Les yeux agrandis par l'inquiétude je regarde à nouveau vers la montagne. Son sommet est lui aussi baigné de rose.

Partout autour de nous le paysage semble s'emplir de vie. Des couleurs merveilleuses apparaissent : les montagnes sont couvertes de teintes rouges, jaunes, orangées et vert sombre, la plaine ressemble à un tapis plus ou moins jauni, le sable et les cailloux où nous nous tenons debout sont de couleurs indéfinissables allant du brun très pâle au gris blanc, et l'eau est comme un miroir qui reflète le ciel.

Puis, sans que nous nous y attendions, une boule de feu jaillit de derrière la montagne. Lentement, puissamment, elle s'élève de plus en plus vers le ciel. Dès qu'elle se détache de l'horizon, il devient impossible d'évaluer sa vitesse. Et puis d'ailleurs je dois détourner le regard, car l'astre me brûle les yeux.

Je dis *l'astre,* car je crois deviner qu'il s'agit du soleil en personne. Mes compagnons semblent aussi d'accord sur ce point.

— Eh bien, dis donc ! C'est... c'est..., bredouille Aldébarus.

— Si je m'attendais à ça ! ajoute Perséa. Ces couleurs, ces sons...

C'est presque trop beau. Où sont donc tous les cataclysmes décrits par Kim Nellikova ? Ce pays serait-il si différent de celui d'où nos parents se sont enfuis ?

Nous restons là de longues minutes, immobiles, oubliant presque nos vêtements trempés et inconfortables. Mais c'est mal connaître Aldébarus que de croire qu'il s'arrête à la simple beauté des choses.

— Bon. Nous n'allons pas passer le reste de la journée ici, à grelotter, dit-il. Il faut bouger et puis d'ailleurs j'ai faim, moi, et nous n'avons plus rien, ni provisions, ni trousses de survie, ni vêtements secs.

— Kim Nellikova nous a dit que nous pouvions manger la chair des animaux et diverses plantes, se rappelle Perséa.

— Encore faudrait-il trouver des animaux, soupire Aldébarus. Les seuls que nous ayons vus jusqu'ici se sont envolés tout à l'heure.

— Il faut aussi trouver de l'eau potable, fais-je remarquer.

Aldébarus fait aussitôt la grimace, se remémorant sans doute le goût de celle d'où nous sortons à peine.

— Plus facile à dire qu'à faire ! s'exclame-t-il.

J'étudie le relief d'un œil attentif et propose de longer la plage. Mais cette direction ne plaît pas à monsieur.

— Pourquoi ne pas entrer tout de suite dans la forêt ? Nous aurions plus de chances de trouver un ruisseau et peut-être même quelque chose à manger ! Ça ne me dit rien de marcher sur ces rochers pointus.

Je regarde Perséa qui n'a rien dit et qui hausse les épaules en signe d'indifférence.

— D'accord, nous te suivons, dis-je en soupirant.

Au bout de quelques dizaines de mètres, nous constatons que nous nous trouvons sur un îlot séparé par un étroit bras de mer d'une plage beaucoup moins accidentée. Et, mieux encore, sur cette plage se dresse une petite maison. D'instinct nous nous accroupissons.

— Pensez-vous qu'elle soit habitée ? demande Perséa.

— Pourquoi ne le serait-elle pas ? rétorque Aldébarus.

— En tout cas ça semble drôlement calme, dis-je.

— Il est si tôt qu'ils doivent dormir encore, réplique Aldébarus.

— Dans ce cas nous devrions nous hâter de gagner cette plage, propose Perséa.

Nous entrons dans l'eau avec l'idée de devoir nager à nouveau, mais à notre grande surprise, elle nous monte à peine aux chevilles. Arrivés sur la plage nous nous hâtons vers l'orée du bois, tout en gardant un œil sur la maisonnette qui, par Jupitera, m'a bien l'air abandonnée.

— On y va ? chuchote Aldébarus.

— On y va, approuvé-je.

Comme nous nous redressons, une voix nous fige brusquement.

— Oh non !

C'est Perséa qui fouille nerveusement ses poches en quête de je ne sais quoi.

— Qu'y a-t-il ? dis-je alarmée.

— J'ai perdu mon interprète !

Je mets aussitôt la main dans ma poche et soupire en sentant sous mes doigts l'enveloppe plastifiée qui protège le mien.

— Par Jupitera, tu m'as fait peur ! dis-je à Perséa d'une voix retenue.

— Qu'est-ce que je vais faire ? se plaint-elle d'un air misérable.

— Écoute, intervient Aldébarus. Tu étais la meilleure de nous trois en français. Tu n'as pas besoin de cet appareil pour comprendre.

— Aldébarus a raison, Perséa.

— Et si ces gens ne parlaient pas français ? s'inquiète-t-elle.

— Youri Kaparov nous a assurés que dans cette partie du pays, c'est la langue que tout le monde parle, dis-je.

— Oui, mais nous n'avons pas atterri exactement à l'endroit prévu...

— Allez, assez de bavardage, dit Aldébarus en reprenant sa marche vers la maison. Nous saurons bien assez tôt à quoi nous en tenir.

Il n'y a toujours pas âme qui vive. Nous en faisons prudemment le tour, examinons portes et fenêtres, mais elle semble vraiment inhabitée.

— Qu'est-ce qu'on fait ? dis-je en ne sachant pas trop si je dois être déçue ou non.

— Vous avez toujours faim ? demande Aldébarus.

— ... et soif ! complète Perséa.

— Alors on entre, décide-t-il.

Comme toutes les ouvertures sont bloquées, nous choisissons une fenêtre à l'arrière de la maison, du côté de la forêt. Nous n'avons plus d'outils, alors Aldébarus enveloppe sa main dans la manche de son chandail et frappe vivement dans la vitre qui éclate aussitôt. Il atteint le mécanisme de fermeture et le débloque. Puis, en évitant tout mouvement brusque, il l'ouvre suffisamment pour que nous puissions nous glisser à l'intérieur.

DIX

Il y fait plutôt sombre car des pans de tissu cachent les fenêtres. Mais c'est tout de même assez clair pour que nous voyions où nous mettons les pieds.

Tout est étrange ici, depuis l'ameublement jusqu'aux plus petits objets qui me paraissent, ma foi, parfaitement inutiles : des vases, des bibelots, des trucs que je ne saurais nommer... Sur une étagère se trouve une photographie sur laquelle sourient un homme, une femme et deux jeunes garçons. C'est drôle parce que la femme et les deux enfants arborent une chevelure de couleur rouille. C'est la première fois que j'en vois de semblables.

Sur une autre tablette sont rangés des livres dont je ne peux lire les titres. Ce ne sont pas des caractères cyrilliques comme ceux de la langue russe, mais plutôt l'alphabet latin utilisé entre autres pour le français. Toutefois, ils forment des mots qui me sont tout à fait inconnus. Je fronce les sourcils, inquiète.

— Perséa ?... Veux-tu venir s'il te plaît ?

— Qu'est-ce qu'il y a ? demande-t-elle en approchant.

— Peux-tu lire le titre de ce livre ?

— ... Euh... Au son ça donnerait quelque chose comme *Four-r-r past midnig... h... t.*

— C'est du français, ça ?

— Misère ! Si c'en est, nous nous sommes sûrement trompés quelque part ! Prête-moi vite ton interprète.

Perséa répète le titre après avoir sélectionné la position « français » mais elle secoue la tête.

— Essaie autre chose ! lui dis-je d'un ton peu rassuré.

Elle appuie sur « anglais » et lit de nouveau les quelques mots. Aussitôt son visage change de couleur.

— Ça veut dire *Minuit et quatre*. Siria ! Nous ne sommes pas arrivés au bon endroit. Les gens d'ici ne parlent pas français mais anglais.

Avec frénésie elle se met à lire plusieurs autres titres et de l'un à l'autre, sa mine est de plus en plus défaite.

— Qu'est-ce qui se passe ? demande Aldébarus d'un ton insouciant en arrivant de je ne sais où.

— Il y a que nous avons étudié le français pour rien. Regarde cette bibliothèque. Elle est remplie de livres écrits en anglais !

Calmement il s'en approche et y jette un regard.

— Aucune importance ! finit-il par dire. Avec nos interprètes...

— Et moi qui ai perdu le mien ! se lamente Perséa.

— Nos interprètes ne peuvent pas parler, leur rappelé-je.

— Alors nous n'aurons qu'à ne rien dire. Quant à savoir si vous serez capables de tenir vos langues..., ajoute-t-il avec un petit sourire en coin.

Perséa me regarde en faisant la moue. Aldébarus se croit très drôle, comme d'habitude, mais il ne semble pas conscient de la gravité de la situation.

— Je sais ce que vous pensez de moi en ce moment, mais je considère que le problème de nourriture est autrement plus urgent que celui de savoir dans quelle langue nous aurions dû parler s'il y avait eu des gens ici.

— Que veux-tu dire ? demandé-je en fronçant les sourcils.

— Je veux dire que cette bicoque est abandonnée et qu'il n'y a rien ici qui puisse nous être utile, si ce n'est quelques couvertures, un robinet d'où s'écoule une eau qui me semble tout à fait potable et... Venez plutôt voir.

Intriguées, Perséa et moi nous nous regardons de nouveau et suivons notre compagnon d'aventure. Il nous conduit vers une armoire métallique de couleur blanche et en ouvre la porte. Aussitôt une lumière s'allume à l'intérieur et de l'air frais s'échappe de l'appareil. En somme, il s'agit d'une version plutôt rudimentaire d'un refroidisseur. Sur une des tablettes grillagées se trouve une petite boîte de carton sur laquelle est dessiné un animal à quatre pattes. Au-dessus de l'illustration, on peut lire « Cow Brand, baking soda, sodium bicarbonate U. S. P. ». Mon interprète m'indique qu'il s'agit encore de mots anglais. Pourtant, sous cette même illustration, je décode « Bicarbonate de soude ». En français.

— À quoi cela peut-il servir ? dis-je en regardant prudemment à l'intérieur de la boîte.

J'y trouve une sorte de poudre blanche qui, par ailleurs, ne dégage pour ainsi dire aucune odeur.

— Peu importe ce que c'est, ajoute Aldébarus, le fait est que cette boîte est bel et bien identifiée en deux langues. Pourquoi en serait-il ainsi si l'anglais était la seule utilisée ?

— Oh ! s'exclame Perséa. Je crois qu'Aldébarus a raison.

Comme c'est dommage !

— Regardez ces papiers. On dirait des journaux, dit-elle encore.

— Oui, je pense bien que c'en est, approuvé-je.

— Eh bien la plupart sont écrits en anglais mais...

— ... mais il y a celui-ci qui est en français, complète Aldébarus.

Nous examinons ces feuillets quelques instants et Aldébarus dit soudain :

— Alors ? Vous voyez bien que vous vous énerviez pour rien !

Sans prendre la peine de lui répondre je montre un coin du journal à Perséa.

— As-tu vu, là ? C'est écrit *L'Écho de la Pointe*, jeudi 1er octobre 1998.

— Oui, et là c'est écrit *Pointe-du-Vent*. C'est probablement l'endroit où nous sommes, ajouté-je.

— Et c'est bien un nom français, conclut Aldébarus.

Nous replaçons les journaux où nous les avons pris, puis Perséa demande :

— Et cette eau dont tu parlais, Aldébarus ?

Il nous conduit jusqu'à un évier et ouvre une petite vanne. Aussitôt de l'eau jaillit du bec recourbé. Aldébarus en laisse couler dans le creux de sa main, qu'il porte ensuite à son nez.

— Il n'y a aucune odeur... Sa couleur est limpide...

Il y trempe légèrement les lèvres.

— ... et cela ne goûte rien de bizarre.

Il remplit de nouveau ses mains réunies en coupe, porte le liquide à sa bouche et l'avale d'un trait.

— Que fais-tu, Aldébarus ? s'écrie Perséa.

— Je n'ai pas pu résister, rétorque Aldébarus. Entre mourir de soif et mourir empoisonné...

— Ce n'est quand même pas prudent. Nous aurions dû d'abord l'analyser.

— Avec quoi ? Tu oublies que nos trousses d'analyse, comme tout le reste, se trouvent par je ne sais combien de mètres de fond. Et comme il faudra bien se nourrir tôt ou tard...

Je hausse les sourcils. Pour une fois je suis d'accord avec lui. Sans hésitation je recueille à mon tour le précieux liquide au creux de mes mains et j'en avale une bonne quantité. Finalement même la prudente Perséa se laisse gagner par la tentation.

— Hé ! Laisse-m'en un peu !

— Il y en a suffisamment pour tout le monde, ne t'inquiète pas, dit Aldébarus en riant.

Je cède ma place à mon amie et, à l'instar d'Aldébarus, je commence à ouvrir toutes les sections de rangement dans l'espoir de trouver aussi de la nourriture. Malheureusement nous ne mettons la main que sur de la vaisselle et des ustensiles à travers tout un bric-à-brac d'instruments et de nettoyants de toutes sortes.

Puis, de guerre lasse et le ventre toujours creux, nous nous laissons tomber dans des fauteuils qui ont sans doute connu des jours meilleurs. Les yeux fermés, la tête renversée vers l'arrière, je me demande quelle est la prochaine action à entreprendre. Cette maison nous fournit un abri assez convenable, mais il reste le problème de la faim. J'essaie de faire le compte des heures qui ont passé depuis notre dernier vrai repas et...

Le silence vient d'être rompu. Je lève la tête et me redresse sur mon siège, l'oreille aux aguets. Mes deux compagnons ont fait de même. Nous écoutons quelques instants sans parler puis la voix de Perséa nous parvient.

— Entendez-vous ce ronronnement ?

L'écoute se prolonge quelques instants, puis Aldébarus dit :

— On dirait un bruit de moteur.

— Oui, c'est vrai, approuvé-je. Cela me fait penser aux génératrices que nous avions sur Luna et qui fonctionnaient sans arrêt.

— Y aurait-il aussi de ces engins sur Terra ? s'exclame Aldébarus. Pourtant il ne m'a pas semblé que l'air avait besoin d'être purifié.

— C'est peut-être une génératrice pour autre chose, suggère Perséa.

— Ouais... Ce serait formidable si celle-là produisait quelque chose à manger, mais je suppose que j'en demande trop, soupire Aldébarus.

— Une génératrice n'est pas un bassin de génération spontanée tout de même, dis-je en me levant et en essayant de localiser la provenance du mystérieux ronronnement.

Perséa fait de même et marche à quelques pas derrière moi.

— Ça vient de là, dit-elle en pointant du doigt par-dessus mon épaule.

Je suis la direction qu'elle m'indique et constate qu'elle a raison. Plus j'avance et plus ça se précise. Finalement je m'arrête devant le refroidisseur.

— Voilà le coupable, dis-je.

Je m'apprête à ouvrir la porte lorsque Aldébarus intervient.

— Non, attends !

Je le regarde sans comprendre.

— Qui sait si ça ne va pas exploser quand...

— Tu crois vraiment que la petite boîte de poudre blanche s'est transformée en pétard ? dis-je en riant.

— ...

Comme mon distingué confrère ne répond rien, je décide de poursuivre mon action. Lentement, centimètre par centimètre, je tire la poignée vers moi. Rien ne se produit, si ce n'est que l'appareil expulse dans notre direction un courant d'air frais.

— Voilà ta bombe, dis-je à notre brave Aldébarus en riant de plus belle. C'est un refroidisseur à thermostat intégré. Il se met en marche lorsque la température varie. Ce que je me demande, par contre, c'est quelle est la source d'énergie utilisée.

Perséa hausse les épaules et se tourne vers Aldébarus qui décide d'utiliser ses muscles plutôt que son cerveau.

— Voyons si on peut déplacer ce *monstre*, fait-il en empoignant le refroidisseur par les côtés et en le tirant vers lui.

Le meuble avance facilement, comme sur des roulettes (au fait, pourquoi pas ?). Un coup d'œil derrière nous fait découvrir qu'un fil le relie au mur.

— La source est donc dans le mur lui-même ? dis-je.

Personne n'a encore répondu à ma question que ce dernier mur, tout comme ceux qui forment l'enceinte au complet, se met à craquer. Aldébarus lâche aussitôt le refroidisseur comme s'il avait subi un choc et nous reculons tous vers le centre de la pièce. Un bruit sourd semble venir de dehors et une plainte sinistre se fait entendre par les fenêtres toujours obstruées par leurs bouts de tissu.

— Par Jupitera, cette maison est-elle sur le point de s'effondrer ?

— Mais pourquoi ferait-elle ça tout à coup ? demande Perséa.

— Nous ferions mieux de sortir d'ici, déclare Aldébarus en se lançant vers la porte.

— Attends ! crié-je. Regardons d'abord par la fenêtre. J'ai l'impression que le danger se trouve dehors et non ici à l'intérieur.

Aldébarus s'approche d'un voile de tissu, l'écarte prudemment et s'écrie :

— C'est affreux ! Le monde est en train de s'écrouler.

ONZE

Malgré la terreur qui nous saisit à cette exclamation, Perséa et moi nous nous ruons à notre tour vers la fenêtre par laquelle Aldébarus regarde dehors.

Par Jupitera, il a raison. Le ciel, que la levée du jour avait coloré en bleu, a complètement changé. Il est maintenant d'un gris cotonneux qui semble se déplacer au-dessus de nos têtes. Le soleil a lui aussi disparu. La vaste étendue d'eau dans laquelle nous avons malencontreusement plongé s'est transformée en une plaine mouvante creusée par des vagues dont le sommet blanc sale fait penser à des monstres flottants. Et sur l'îlot que nous avons traversé, les arbres sont projetés alternativement de droite à gauche et de gauche à droite, ployant sous la poussée d'une main invisible.

Pendant que nous demeurons bouche bée devant ce spectacle délirant, notre petite maison continue à craquer et à geindre, soumise aux mêmes éléments abominables que le reste de la nature qui nous entoure.

— Sortons d'ici ! crie Perséa. Tout va s'écrouler sur nous.

Aldébarus semble partager l'opinion de mon amie car il saisit la poignée de la porte et ouvre. Les hurlements qui envahissent la pièce sont terrifiants. Le bruit de la mer agitée ressemble à un cri lointain qui n'a ni commencement ni fin. Aldébarus franchit le seuil de la porte et s'avance de quelques pas, légèrement courbé. Perséa, qui l'a suivi, pivote sur elle-même jusqu'à ce que le souffle mystérieux lui frappe le dos.

Ils ne tiennent que quelques secondes et les voilà qui reviennent dans l'abri. Moi je n'ai pas bougé. Une fois à l'intérieur, Aldébarus referme la porte et s'y appuie.

— Quel système de ventilation ! soupire-t-il en reprenant son souffle.

— Ventilation..., répété-je. Mais oui ! C'est sûrement ça !

— Ça, quoi ? demande Perséa en repoussant les mèches de ses cheveux défaits.

— Du vent, voyons !

— Du vent ? répète à son tour Aldébarus. Mais c'est très dangereux, cette chose-là !

J'essaie de me souvenir de ce que Natacha Rikitova nous a dit à ce sujet, mais j'avoue qu'il ne me vient pas grand chose.

— Vous croyez toujours qu'il est nécessaire de partir ? dis-je.

— Comment savoir ? répond Aldébarus. Qui peut dire si la maison va tenir le coup !

— Ce n'est sûrement pas la première fois qu'il vente, remarqué-je.

Aldébarus hoche la tête.

— Nous sommes bien ici, pour le moment. Qu'irions-nous chercher ailleurs ? insisté-je.

— À manger..., soupire Perséa.

— Attendons au moins après la tempête ! suggéré-je.

— Ça peut durer des jours, proteste Aldébarus. Moi aussi j'ai faim.

— D'accord, concédé-je. Donnons-lui... quelques heures pour passer, puis nous essaierons de...

— Deux heures, tranche Aldébarus.

Je regarde mon chronomètre... Il marque trois heures mais qu'en est-il dans la réalité ? Cela n'a guère d'importance, en fait.

• • •

Le temps a passé mais la tempête est toujours là. Durant ces deux heures, j'ai essayé de dormir mais je n'ai pu que somnoler. Je ne l'avoue pas à mes compagnons mais moi aussi j'ai un fameux creux dans l'estomac.

Perséa est tapie contre la grande fenêtre qui donne sur l'eau. Elle a tiré les pièces de tissu de façon à laisser entrer plus de lumière. À quoi pense-t-elle ?

Quant à Aldébarus, il marche sans arrêt. Il a dû arpenter chaque centimètre carré de plancher et s'il continue de cette façon, il va finir par y mettre le feu par frottement !

— J'en ai assez, il faut que je sorte sinon... sinon...

— J'y vais aussi, dit Perséa en quittant son poste d'observation. Tu viens, Siria ?

Ai-je le choix de faire autrement ? Je n'ai pas envie de rester seule ici mais, pourtant, je reste convaincue que ç'aurait été l'abri le plus sûr.

— Un instant, dis-je alors qu'Aldébarus s'apprête à ouvrir la porte.

— Quoi encore ? demande-t-il, impatient.

— Nous devrions apporter chacun une réserve d'eau potable. Peut-être n'en trouverons-nous pas d'autre avant un bon moment.

— Quel optimisme !

— Elle a raison, Aldébarus.

Nous cherchons des récipients facilement utilisables et mettons la main sur quelques bouteilles munies d'un bouchon. Cela fera l'affaire.

• • •

Il fait de plus en plus sombre. Est-ce la nuit qui vient ? Ou est-ce le ciel grisonnant qui cache le soleil ? L'air est également plutôt froid. Malgré mes sous-vêtements thermiques et mon lourd chandail, j'ai le corps couvert de frissons. Mais, au moins, nos vêtements ont eu le temps de sécher.

Nous avons cette fois décidé de suivre la plage. Curieusement, l'eau semble avoir reculé. Il me semblait qu'elle était plus près de la maison. Le vent souffle toujours en bourrasques. Pour ce que je peux voir du paysage jusqu'à maintenant, il m'apparaît que si les terriens se sont entretués, leur habitat, lui, est tout à fait intact : pas de cratères comme sur Luna, pas d'arbres abattus. Pourvu que l'air ne contienne pas d'éléments radioactifs.

Marcher sur la plage est très inconfortable. Nos bottes s'enfoncent dans le sable juste assez pour rendre les mollets douloureux après un certain temps.

— Que diriez-vous de monter un peu plus haut sur la butte, dis-je en grimaçant.

— J'allais le faire, répond Aldébarus.

Par Jupitera, que ce type peut être détestable quand il s'y met ! À l'en croire, il n'y a que lui qui ait des idées intéressantes. Quoi qu'il en soit, c'est avec surprise que nous débouchons sur un sentier très bien tracé. Il l'est si bien que nous pouvons enfin marcher côte à côte, ce qui empêchera monsieur-je-sais-tout de décider tout seul.

— Cette voie n'est pas... naturelle, décrète Perséa. Je jurerais qu'elle a été utilisée encore assez récemment.

— Comment peux-tu dire ça ? doute Aldébarus.

— Regarde, il y a comme de longues bandes avec des motifs réguliers. Je me demande ce qui a pu faire ça.

Je me le demande aussi et je les examine encore lorsqu'elle s'écrie tout à coup, en pointant du doigt devant nous (à croire qu'elle a des antennes pour toujours tout voir la première !) :

— Qu'est-ce que c'est ?

— On dirait un nuage de poussière, dit Aldébarus.

— Un nuage de poussière ? dis-je étonnée. Qu'est-ce qui peut bien le provoquer ?

— C'est peut-être le vent, suggère Perséa.

— Quoi que ça puisse être, dis-je, une chose est certaine, il vient vers nous.

— Oui, tu as raison, approuve Perséa. Il ne faut pas rester ici.

— Mais où veux-tu qu'on aille ! s'exclame Aldébarus.

— Cachons-nous dans le sous-bois, dis-je.

Au pas de course nous quittons le sentier pour nous lancer entre les arbres et y attendre la suite. Le nuage s'avance très rapidement. Au sortir d'un virage, au milieu de la poussière, ont surgi deux énormes yeux. Nous commençons aussi à entendre un ronronnement puissant accompagné de petits claquements semblables à un bombardement de pierraille contre un récipient de tôle.

La chose file à bonne vitesse et nous nous attendons à ce qu'elle passe devant nous mais il n'en est rien. Les claquements ont cessé... et le ronronnement fait de même. Puis deux chocs se succèdent et, enfin, une voix se fait entendre.

— Dépêchons-nous avant qu'il se mette à pleuvoir !

Cette scène semble toute proche. J'essaie de voir entre les arbres mais c'est inutile. Sans demander l'avis de mes compagnons, je décide de m'avancer prudemment en direction de la voix. De petites branches sèches craquent sous mes bottes et j'entends Aldébarus qui m'enjoint entre ses dents de me tenir tranquille. Je l'ignore tout simplement. Enfin je vois quelque chose qui bouge. Il s'agit d'un homme... non, de deux hommes qui se hâtent autour de ce que je reconnais comme étant une autre maison.

Je m'approche encore un peu et m'accroupis. Devant la maison se trouve le *monstre*. Je devine que c'est une sorte de véhicule à bord duquel les deux visiteurs sont venus.

— Ça y est, dit l'un d'eux. Tout est fermé à clé.

— Parfait. Nous viendrons chercher le reste en fin de semaine.

Les deux hommes reprennent place dans leur véhicule qui démarre dans un bruit de moteur dans lequel je reconnais tout de suite le ronronnement de tout à l'heure. Le pilote manœuvre son curieux engin de façon à repartir par où il est venu.

Je sursaute violemment lorsqu'une main se pose sur mon épaule.

— Ce n'est que moi, dit Perséa.

— Tu m'as fait une de ces peurs !

— Diable ! Vous avez vu ça, les filles ? s'exclame Aldébarus qui s'est aussi approché. J'aimerais bien piloter cette machine-là.

— Ce n'est vraiment pas le moment d'avoir des caprices, lui lance Perséa.

— En tout cas voici une découverte qui fera peut-être notre bonheur, dis-je en désignant la maison. Comme ils sont censés revenir plus tard dans la semaine, je suppose qu'il est possible qu'on y trouve quelques provisions.

— Et moi je suggère qu'on aille voir sans plus tarder, conclut Perséa.

Et c'est exactement ce que nous faisons. Mais comme cette porte est également verrouillée (quelle drôle de manie ils ont, les terriens !) Aldébarus y brise un carreau comme il semble en avoir pris l'habitude.

DOUZE

La nuit est venue, progressivement, sans que nous nous en rendions bien compte. Tout est si sombre dans cette petite maison. Mais nous ignorons comment y faire de la lumière. Presque à tâtons, tandis que nous y voyions encore un peu, nous avons perquisitionné toutes les armoires et le refroidisseur. Nous avons eu un peu plus de chance que la première fois, mais on ne peut pas dire que c'est le grand banquet. Au menu, de la nourriture qui semble déshydratée, mais qui n'a pas pris meilleure mine même trempée dans un bol d'eau. C'est mieux que rien du tout.

Nous achevons sans entrain ce repas minable lorsqu'un bruit que nous reconnaissons trop bien nous met en alerte. Un véhicule vient de nouveau dans notre direction. Aldébarus, qui s'est approché d'une fenêtre donnant cette fois sur la voie, s'écrie :

— Sauve qui peut, on vient par ici !

— Sortons vite, dis-je en courant vers la porte.

Mais, ô surprise !... Voilà que de l'eau tombe du ciel ! Ce doit être ça, la pluie. Nous nous enfonçons tous les trois à l'orée de la forêt et attendons.

Nous restons de longues minutes en silence dans la nuit maintenant installée, des frissons plein le corps. Je me mets à penser que la sensation de toute cette eau qui nous tombe dessus est une expérience à la fois excitante et désagréable.

La pluie qui tambourine sur les feuilles séchées et le sol détrempé a quelque chose de vivant, de fascinant ! D'un peu hypnotique, aussi. J'ai l'impression d'entendre des dizaines de pas qui avancent de partout autour de nous.

Mes vêtements trempés commencent à être embarrassants. Alourdis par le poids de l'eau qui les traverse, ils me collent à la peau de façon gênante.

— Misère ! s'exclame Perséa. J'en ai plein le dos !

— Atchoum !... Et moi plein le nez ! ajoute Aldébarus en reniflant.

Nous ne pouvons pas nous remettre à l'abri tout de suite. Il y a quelques minutes, un véhicule, de forme tout à fait différente celui-là, est passé devant nous et a filé en direction de ce que nous croyons être la première maison que nous avons visitée. Pour plus de sécurité, nous devons maintenant attendre qu'il repasse en direction opposée.

Cela finit par se produire au bout d'un temps qu'il m'est impossible de déterminer mais qui m'a paru bien long.

— Je crois que nous pouvons rentrer maintenant, dis-je en me redressant.

Perséa sort la première du sous-bois et se faufile pour la troisième fois aujourd'hui par une fenêtre cassée. Aldébarus la suit de près et je jette un dernier regard aux alentours avant d'en faire autant.

Nous nous sentons un peu perdus, maintenant, dans le noir.

— Aaaah ! Il était temps. Encore une minute de plus sous ce clapotis et je devenais enragé, grogne Aldébarus.

Nous restons plutôt hébétés devant notre état lamentable. Nos cheveux nous collent sur le crâne et de l'eau ruisselle jusque dans le col de nos chandails détrempés. De grandes flaques d'eau s'élargissent autour de nous.

— Enlevons vite ces vêtements pour les faire sécher, dis-je en retirant mon lourd chandail et mon pantalon dégoulinant.

Perséa et Aldébarus en font autant pendant que je me dirige à tâtons vers la salle de bains. J'en reviens avec trois serviettes.

— J'ai drôlement froid, dit Aldébarus en grelottant.

— Moi aussi, acquiesce Perséa.

Je dois bien avouer que nos seuls sous-vêtements, bien que prétendument thermiques, sont loin de nous offrir quelque confort que ce soit en matière de chaleur.

— Je vais chercher des couvertures, dis-je. J'en ai vu sur le lit.

Nous nous y enroulons promptement, et après avoir tordu nos vêtements au-dessus de l'évier pour en faire sortir le plus d'eau possible, nous les étendons sur des chaises.

— Je voudrais bien manger quelque chose de chaud, rêve Aldébarus.

— Ça me plairait aussi, acquiesce de nouveau Perséa. Malheureusement...

Voilà bien toute la question ! Il existe sûrement des dispositifs de chauffage et d'éclairage qui utilisent proba- blement la même source d'énergie que le refroidisseur, mais comment les trouver ?

— Je crois que je vais aller dormir un peu, décide Aldébarus. Je ne me sens pas très bien.

En effet, notre Aldébarus a plutôt mauvaise mine.

— Qu'est-ce que tu as ? demandé-je.

— J'ai la tête lourde, mal à la gorge, le nez embarrassé... et puis j'ai mal partout comme si... comme si... j'avais transporté l'astronef à bout de bras jusqu'ici.

Perséa, qui s'est approchée, pose sa main sur le front d'Aldébarus.

— Ta peau est colorée et très chaude, dit-elle d'un ton inquiet.

— Et pourtant je grelotte des pieds à la tête, se plaint le malade en éternuant de nouveau.

— Viens t'installer dans le lit, dis-je en lui prenant le bras.

— Non, je préfère rester ici. Je vais m'étendre sur ce canapé.

— Mais tu serais plus à l'aise, proteste Perséa.

— Non, non. Le lit est assez grand pour deux personnes. Moi je serai très bien ici.

— Comme tu voudras, dis-je. De toute façon nous ne tarderons pas à dormir aussi. Nous en avons tous bien besoin.

Perséa acquiesce d'un mouvement de tête.

Après avoir installé Aldébarus le plus confortablement possible, l'avoir couvert d'une couverture supplémentaire (heureusement il y en a une bonne réserve), Perséa et moi nous retrouvons dans le même lit, emmitouflées jusqu'au menton dans nos couvertures.

— Siria, je suis inquiète pour Aldébarus.

Comment pourrais-je la rassurer ? Il est clair qu'Aldébarus est malade, mais je n'ai aucune idée de la façon dont il faut le soigner. Sur Luna, notre petit univers était si aseptisé qu'il n'y avait jamais proliféré le moindre virus, le plus petit microbe ou quelque bactérie que ce soit.

— Moi aussi, finis-je par avouer. Par Jupitera, il a pu attraper n'importe quoi dans cette atmosphère qui nous est si étrangère !

— Oui mais le pire, c'est que nous ne sommes pas plus immunisées que lui.

— Peut-être que c'est l'eau qu'il a avalée lors de l'amerrissage qui l'a empoisonné ?

— Peut-être...

— À moins qu'il n'ait mangé quelque chose...

— Nous avons tous mangé la même nourriture, en si petite quantité d'ailleurs que je me demande comment elle pourrait nous rendre malades ! observe Perséa.

Devons-nous comprendre que nous aurons à subir les mêmes malaises qu'Aldébarus dans les heures à venir ?

TREIZE

À mon réveil, je ne puis dire si le jour s'est levé ou non. Il fait tellement sombre dans la petite chambre qu'on dirait que le soleil est resté coincé quelque part. À mes côtés, Perséa dort encore. Je n'entends plus la pluie sur le toit, mais un bruit encore bien plus étrange capte mon attention. D'ailleurs je crois bien que c'est lui qui m'a tirée du sommeil. C'est une sorte de... beuglement. Je m'assois lentement en faisant bien attention de ne pas réveiller Perséa. Le beuglement (puisqu'il faut bien lui donner un nom) se fait intermittent, selon la séquence : deux appels, puis un silence d'environ une minute. Est-ce là un code ? Un avertissement ?

Je quitte le lit qui ne peut s'empêcher de craquer lorsqu'il se libère de mon poids. Perséa grogne un peu et roule sur le côté, me présentant son dos. Je sors de la pièce sur la pointe des pieds et me dirige vers nos vêtements. Malheureusement ils ne sont pas tout à fait secs. Ce n'est guère étonnant, vu l'humidité qui règne dans la maison.

Mon deuxième souci est de prendre des nouvelles d'Aldébarus. Toujours étendu sur le canapé, il semble plongé dans un profond sommeil. Mais en m'approchant davantage l'inquiétude refait surface. Ses cheveux hérissés en brosse sont humides et il a repoussé ses couvertures jusqu'à la taille. De plus, il semble respirer difficilement. Je m'accroupis près de lui et pose doucement ma main sur son front. Il est brûlant et ses joues ont une coloration très prononcée.

Au contact de ma main, Aldébarus remue légèrement en gémissant. Une quinte de toux le secoue et il ouvre les yeux à demi.

— Allô ! dis-je avec un sourire que je voudrais rassurant. Comment ça va ce matin ?

Il tourne la tête vers moi et son regard douloureux me fait peur.

— ... Mal à la tête..., murmure-t-il.

— Ne parle pas. Je t'apporte un peu d'eau fraîche.

Je me lève en hâte, me demandant ce que je devrais faire. L'équipe de Luna, apparemment, n'avait pas prévu que nous puissions être malades. Pourtant ils avaient vécu sur Terra, eux. Ils auraient dû penser à cette éventualité !

Alors que je reviens vers Aldébarus avec un verre rempli à ras bord, Perséa apparaît à la porte de la chambre. Elle a la mine encore si ensommeillée qu'elle ne peut sûrement pas lire le désarroi qui colle à mon visage.

— Qu'est-ce que c'est ? demande-t-elle en bâillant.

— De l'eau pour Aldébarus.

— Non, je veux dire ce... cette espèce de hurlement...

Je me fous du hurlement et réponds :

— Aldébarus va très mal, je crois.

Elle s'approche à son tour du canapé, les yeux bien ouverts cette fois.

— Misère ! Il lui faudrait un médecin ! Un médicament ! Je ne sais pas, moi, mais on ne peut pas le laisser comme ça !

— Figure-toi que j'y ai déjà pensé, seulement nous n'avons ni l'un ni l'autre.

J'approche le verre des lèvres du malade et il en aspire péniblement une gorgée. Perséa porte sa main à son front et me regarde. Je hausse les sourcils en déposant le verre sur le plancher, puis j'essaie de remonter un peu les couvertures mais il les repousse. Perséa me fait un signe de la tête et nous nous éloignons un peu afin qu'Aldébarus n'entende pas notre conversation, quoique je doute qu'il puisse écouter de toute façon.

— Il faut faire quelque chose ! gronde Perséa comme s'il n'en tenait qu'à moi d'apporter le remède miracle.

— Cesse de t'énerver, dis-je en m'agitant. Que veux-tu que je fasse ?

Perséa lève les mains, les garde un instant suspendues dans les airs, puis les redescend en signe d'impuissance. Juste à ce moment, un beuglement sourd remplit le silence.

— Et ça, qu'est-ce que c'est ? redemande Perséa.

— Je ne sais pas. Ça m'a tirée du sommeil mais je n'ai pas eu le temps de m'en inquiéter lorsque j'ai vu Aldébarus.

Le spectre d'un danger imminent reparaît soudain. Et je vois dans les yeux de Perséa qu'elle y songe aussi.

QUATORZE

Pour chasser un peu la pénombre qui règne dans la maison, nous repoussons les pans de tissu afin de laisser entrer la lumière du jour. Le spectacle qui s'offre à nous me laisse de nouveau bouche bée. Comment décrire cette chose, là, dehors ? On dirait... Oui, on dirait de la fumée. D'ailleurs c'est très possible car d'après Natacha Rikitova, elle résulte de la combustion de matériaux tel que le bois, ce qui ne manque pas dans les alentours puisque nous sommes entourés d'arbres. Si c'est le cas nous courons un grave danger.

— Tu crois qu'il est périlleux, mortel même, de respirer ça ? demande Perséa.

— Si tu veux mon avis, nous allons le savoir très vite.

Au loin, le sinistre beuglement se fait entendre, comme un signal d'alarme. Au fait... pourquoi n'en serait-ce pas un ? Et si c'est le cas, cela suppose que d'autres personnes vivent à proximité. Je crois qu'il est temps pour nous de partir à la recherche de ces terriens. Laissés à nous-mêmes face à ce phénomène et à la maladie d'Aldébarus, je crains que notre avenir ne soit fortement hypothéqué. Seuls des habitants de cette planète pourront nous aider.

Je fais part de mes réflexions à Perséa qui acquiesce silencieusement.

— Mais nous ne pouvons quand même pas sortir dans cette tenue, remarque-t-elle en tirant sur sa culotte.

— Bien sûr que non. Il faudra bien encore quelques heures avant que nos vêtements soient tout à fait secs.

En attendant, nous entreprenons chacune de notre côté une fouille méticuleuse de notre refuge à la recherche de je ne sais quoi exactement mais qui sait ce que nous pourrions trouver.

La présence de ce phénomène qui plane autour de la maison m'inquiète encore plus que je veux le laisser paraître. Pour le moment l'élément gazeux semble incapable de pénétrer à l'intérieur. Pour quelle raison, je l'ignore. Reste à savoir combien de temps cela durera.

Le nez à la grande vitrine de la pièce où je me trouve et où Aldébarus dort d'un sommeil agité, j'aperçois à peine le paysage qui devrait s'étendre devant moi. Je ne vois ni la route par où sont venus les visiteurs d'hier ni la montagne aux couleurs pittoresques. Il n'y a que du gris et cette sensation fantasmagorique d'irréalité, de cauchemar.

— Siria ! Regarde ce que j'ai trouvé.

Perséa sort de la salle de bains comme s'il y avait le feu. Le feu... Des filets de fumée auraient-ils commencé à s'infiltrer par là ? J'accours aussitôt et découvre mon amie en train d'examiner diverses petites fioles qu'elle a tirées d'une armoire dont le panneau d'ouverture est en fait un miroir.

— Qu'est-ce que c'est que ça ? demandé-je.

— Je crois que ce sont des médicaments.

— Oh !

— En voici un où c'est écrit : *Soulagement rapide de la douleur associée aux maux de tête...* C'est bien ce dont se plaint Aldébarus *? ... aux douleurs musculaires...* Il a dit qu'il a mal partout ! *... aux maux de dents, à l'arthrite...* Ça je me demande ce que c'est *... aux entorses, aux crampes menstruelles...* Eh bien ! *... et aux malaises de la fièvre causée par le rhume ou la grippe.* Voilà bien le remède miracle que nous cherchions, non ?

Je grimace un peu car j'hésite à utiliser un produit qui nous est tout à fait inconnu. Après tout, qui sait si notre organisme est en mesure d'accepter ces comprimés ? Même si nous sommes d'origine humaine, peut-être que notre corps soumis jusqu'ici à des conditions hyperaseptisées analysera comme un produit toxique ce qui est un médicament pour les terriens !

— Je sais à quoi tu penses, intervient Perséa. Mais si nous ne faisons rien, Aldébarus va peut-être mourir alors que ce médicament pourrait le sauver.

— Peut-être...

Par Jupitera, quel dilemme !

— Qu'est-ce qu'il y a d'autre, dans cette armoire ? dis-je pour tenter de mieux évaluer le contenu de ce qui semble une trousse de secours.

— Eh bien je vois des pansements et des bandages, des... *pastilles contre la toux*, du sirop également contre la toux, des pilules contre le *mal des transports*... Quel mal peut-il y avoir à voyager ?... Un rasoir et des lames, un flacon d'alcool à friction, du *... peroxyde d'hydrogène*, une petite bouteille de *crème solaire*...

— Tiens ! Ça m'intéresse. Passe-la moi.

À mesure que je lis sur le contenant le mode d'emploi et à quoi sert cette crème, je sens mon visage s'allonger. Perséa, qui m'observe, s'en inquiète.

— Qu'est-ce qu'il y a ?

— D'après les informations données sur cette bouteille, il semble que le soleil...

— Quoi, le soleil ?

— Il semble qu'il soit très dangereux pour la peau.

Tout aussi surprise que moi, Perséa en perd la parole.

— Cette crème sert à protéger contre les rayons ultra-violets du soleil.

— Kim Nellikova et Theodor Zipeline ne nous ont jamais parlé de ça !

— Peut-être que le soleil n'était pas dangereux à cette époque.

— Mais alors pourquoi le serait-il devenu ?

— S'il y a eu une guerre, comme nos parents le craignaient, au moyen d'armes chimiques ou nucléaires... L'utilisation de ces procédés aurait pu modifier la composition de l'atmosphère.

— Misère ! Mais c'est affreux !

— Ne nous énervons pas, Perséa. Ce ne sont que des suppositions et pour l'instant, nous devons d'abord nous occuper d'Aldébarus.

— Alors on en revient à notre dilemme. Pour ma part je propose qu'on essaie ce médicament. Si nous ne faisons rien, j'ai bien peur qu'il ne reverra jamais le soleil, dangereux ou pas.

— Allons d'abord voir comment il va et après...

Nous trouvons Aldébarus dans un état proche du délire. Il a lui-même relevé les couvertures jusque sous son menton et nous pouvons deviner, sous ces dernières, les tremblements qui secouent le malade. Ses dents claquent et ses yeux larmoyants semblent voir au-delà de notre monde.

— Vite, Siria. Va me chercher un verre d'eau. Il n'y a plus une minute à perdre.

Perséa a raison et je cours chercher ce qu'elle demande. Aldébarus avale difficilement le comprimé malgré l'eau que Perséa lui verse dans la bouche. Après lui avoir lavé le visage et l'avoir bordé, nous revenons à la cuisine.

— Il n'y a plus de temps à perdre, dis-je. Nos vêtements sont presque secs, j'ai vérifié. Je vais tenter de trouver d'où vient le beuglement. Cela devrait me conduire vers des gens qui, j'espère, se montreront hospitaliers à mon égard.

— J'y vais avec toi.

— Non. Il faut que quelqu'un reste ici avec Aldébarus. Si son état empirait encore...

— Je ne pourrais rien faire de toute façon, me coupe-t-elle. Tandis que si tu pars seule dans ce... cette chose et que tu te perds, je ne pourrai jamais te retrouver. À deux nous avons plus de chances de nous en sortir.

J'hésite à peine. Perséa a raison et, au fond, je ne tenais pas du tout à partir seule.

— D'accord.

QUINZE

Ouvrir la porte de la maisonnette s'avère déjà un acte de courage. Nous nous attendons à tout (malaises respiratoires, picotements aux yeux, odeur pestilentielle) tout sauf à ce qui nous arrive, c'est-à-dire rien. Le gaz, ou ce que nous croyions en être un, ne cherche nullement à pénétrer dans la maison. D'ailleurs cette chose n'a rien de volatil. Il s'agit plutôt d'humidité, comme si les nuages eux-mêmes avaient décidé de se poser au sol !

— J'y suis ! s'exclame Perséa en souriant. Il doit s'agir de brouillard.

— Brouillard ?

Ce mot ne me dit rien.

— Mais oui ! Rappelle-toi de cette leçon que nous avons reçue sur l'atmosphère. Le capitaine Thekova nous avait décrit ce phénomène produit par de fines gouttelettes d'eau suspendues dans l'air. Mais elle avait été incapable de nous le faire voir car elle n'en avait aucune illustration.

— Le brouillard... La brume... Bien sûr ! Nous nous sommes inquiétées pour un simple banc de brume ! dis-je soulagée.

— Le brouillard n'est peut-être pas dangereux en soi mais il reste le problème de la visibilité. Comment nous y retrouver ?

— Je crois que le mieux est de ne pas quitter la route. Elle nous mènera immanquablement vers des terriens. N'est-ce pas ce que nous désirons, après tout ?

— Il y a aussi le beuglement...

— Justement ! C'est lui qui nous y mènera. Je suis certaine qu'il est relié au brouillard, qu'il s'agit d'un avertisseur, non pas pour éloigner les gens mais pour les guider, les aider à se situer.

— Bon. Qu'attendons-nous pour aller nous mettre dans le pétrin ? conclut Perséa en soupirant d'un air un peu martyr sur les bords.

Nous refermons soigneusement la porte derrière nous. Vu du dehors, personne n'aurait pu deviner la présence d'Aldébarus. Suivant notre plan d'action, nous marchons sur la route, attentives au moindre bruit pouvant signaler l'arrivée d'un véhicule. Mais la chance est avec nous.

La situation se complique un peu lorsque notre chemin aboutit à un embranchement ou, plus exactement, à une fourche dont l'une des branches est celle où nous nous trouvons.

— Que faisons-nous ? demande Perséa sans grand enthousiasme.

Je lui fais signe de se taire et j'attends que l'avertisseur nous guide vers la direction à prendre. Ce qui ne tarde pas à arriver.

— C'est par là qu'il faut aller, dis-je en pointant la voie de gauche, celle qui constitue en réalité la deuxième branche de la fourche.

— Tu ne penses pas que la civilisation serait plutôt par là ? demande Perséa en montrant la droite.

— La civilisation, peut-être... Mais ce que je cherche, c'est d'abord le moins de personnes possible. Une ou quelques-unes sera amplement suffisant pour savoir ce qu'il faut faire au sujet d'Aldébarus.

La route est sensiblement en moins bon état. Que peut-on déduire de cet état ? Rien du tout. La voie peut être usée par une utilisation très fréquente... ou mal entretenue en raison d'un usage très sporadique. De toute façon ça ne m'intéresse pas. Mon attention est plutôt retenue par la nécessité de bien situer le signal sonore. Apparemment nous sommes dans la bonne direction.

Je ne saurais dire depuis combien de temps nous marchons et encore moins quelle distance nous avons parcourue. Le brouillard a la curieuse propriété de nous isoler, de nous entraîner hors du temps et de l'espace, dirait-on. Son opacité est si désarmante que j'éprouve même un vague malaise, comme une sensation d'oppression, de suffocation.

Je jette un œil vers Perséa mais sans ralentir le pas afin de ne pas l'alarmer. Elle marche à mes côtés, la tête basse, sans dire un mot. J'entends sa respiration un peu sifflante et je grimace.

— Ça va ? dis-je en sourdine.

— Il faut bien que ça aille, répond-elle d'une voix que je reconnais à peine.

Je m'arrête. Elle fait quelques pas encore puis s'arrête à son tour.

— Veux-tu te reposer un peu ?

— Ça ne changera rien. Hâtons-nous plutôt de trouver un endroit *normal*.

Je me doute de ce qu'elle peut vouloir dire par un endroit normal mais je ne suis pas sûre de pouvoir répondre à son désir.

— Viens, dit-elle sans me regarder. Il faudra bien arriver quelque part tôt ou tard.

Nous nous remettons donc en route. Heureusement que nous avons pris la sage décision de ne pas quitter la route ! Jamais nous n'aurions pu nous retrouver dans ce nuage d'une épaisseur si intrigante. D'ailleurs la visibilité est si réduite (pour ne pas dire nulle) que nous ne nous apercevons même pas du changement de milieu. Ce qui nous en avertit c'est le grondement très net de l'avertisseur, comme si nous pouvions presque le toucher du bout des doigts. Instinctivement nous nous arrêtons. Je crois que nous sommes à proximité de la mer, élément physique probablement à l'origine de ce curieux phénomène atmosphérique.

De nouveau l'avertisseur nous surprend par la force de son appel. Toujours immobiles, nous apercevons enfin ce vers quoi nous marchons depuis si longtemps. Il s'agit d'une construction élancée, toute en hauteur dont le sommet est vitré. À l'intérieur de cette coupole tourne un phare énorme qui, malheureusement, doit manquer à sa mission en ce moment car même d'où nous sommes, c'est-à-dire à quelques centaines de mètres seulement, nous le distinguons à peine.

— J'avais raison, dis-je tout bas à ma compagne. C'est une tour de localisation et ce cri, c'est un avertisseur sonore.

— Ça vous intéresse ? demande une voix en français.

Je sursaute violemment (tout comme Perséa).

— Vous devez être de la ville, loup-marin ! pour qu'un phare et une corne de brume vous impressionnent autant ! s'exclame la même voix d'homme.

Il surgit alors du brouillard, sur notre droite, et s'approche d'un pas tranquille. Que voilà un drôle de personnage ! Son visage est ravagé, couvert de rides comme je n'en ai jamais vu auparavant. Sur sa chevelure grise et légèrement bouclée il porte un bonnet de lainage noir. Il a une silhouette légèrement courbée vers l'avant et il garde ses mains frileusement enfoncées dans les poches d'une veste à carreaux de teintes rouge et noire. Son pantalon trop ample se termine dans de bonnes bottes qui m'ont tout l'air d'être fourrées. En fait, il me faut moins de temps pour enregistrer tous ces détails que pour les énumérer.

Par ailleurs, l'homme ne semble pas hostile. Il est tout simplement là, à nous observer d'un œil certainement aussi critique et se demandant peut-être ce que nous fichons là, toutes les deux, par un temps pareil.

— Je pense que je vous ai effrayées, hein ? Ayez pas peur, je suis pas méchant.

— Oui, nous avons été surprises, dis-je dans mon meilleur français. Nous cherchions d'où venait le... le signal de ce que vous appelez la *corne de brume.*

— À ce que je vois, non seulement vous êtes pas de la région mais vous êtes pas non plus du pays. C'est quoi votre accent ?

— Mon accent ? dis-je en hésitant.

— C'est pas anglais, hein ? J'en ai connu, des Anglais, avec le métier que je faisais. Et ils parlaient pas du tout comme vous.

Par Jupitera, je ne sais pas trop quoi répondre.

— Nous venons de très loin, en effet, intervient Perséa.

— De loin comment ? demande-t-il.

Un regard entre Perséa et moi suffit pour convenir qu'il est trop tôt pour parler de Luna.

— Euh... Je ne suis pas très douée sur les distances mais..., bredouille Perséa qui cherche visiblement une réponse qui sache satisfaire l'étranger.

— Vous êtes Européennes, hein ?

— C'est ça ! dis-je sans hésitation.

D'autant plus que ce n'est pas tout à fait faux.

— Des pays de l'Est ? demande-t-il encore.

Bien que je n'aie aucune idée de ce que peuvent être les *Pays de l'Est,* mais que je souhaite vivement en finir sur ce point délicat (concernant nos origines), je réponds de nouveau :

— C'est ça.

L'homme acquiesce d'un mouvement de tête mais rien qu'à son regard, je devine que ma réponse ne le satisfait pas entièrement... à moins que le fait de venir de l'Est ne soit pas une bonne idée.

— Je peux savoir ce que vous faites par ici ? demande-t-il enfin.

Voilà une question tout aussi délicate mais il fallait bien s'attendre à ce qu'elle arrive un jour ou l'autre.

— Nous sommes des visiteurs, dit Perséa.

— Ah oui. Des touristes.

Il hoche encore la tête, à croire qu'il ne sait faire que ça à part poser des questions.

— Nous nous sommes laissées guider par la corne de brume, dis-je.

— C'est vrai que c'est assez pittoresque, convient le bonhomme. Mais puisque vous êtes des... touristes, vous aimeriez peut-être visiter la station ?

À ce mot, mon cœur trébuche et je sens un léger engourdissement au bout des doigts.

— Ce serait formidable ! s'exclame Perséa qui me fixe d'un œil suppliant.

Ai-je raison de traduire ce regard par : « S'il te plaît, prends patience et fais-moi confiance ! »

— Alors suivez-moi, mes petites dames. C'est ma tournée.

Durant le court trajet qui nous mène jusqu'à la porte du phare, notre guide improvisé ne dit pas un mot. Perséa et moi sommes ébahies par ce qui nous entoure. À quelques mètres à peine de la tour apparaît une sorte de hangar peint aux mêmes couleurs, c'est-à-dire en blanc découpé de rouge vif. Au sommet de ce hangar se trouve ce qui me semble être un entonnoir installé à l'horizontale et dont la grande ouverture est dirigée vers ce que je suppose être la mer. Ce doit être ce que l'étranger appelle la *corne*. Puis, voisin de ce bâtiment utilitaire, s'élève une maison qui présente les mêmes couleurs. C'est sûrement là qu'habite notre homme. À ce moment commence sans doute la visite officielle, car il daigne enfin ouvrir la bouche.

— Le phare, avec son immense lampe pivotante, aide les bateaux à se situer sur le fleuve. Mais dans le brouillard, comme aujourd'hui, où on ne voit à peu près rien, c'est le cri de la corne qui est encore le plus utile, hein ! Chaque port a son code bien à lui. Ici, à la Pointe, c'est trois appels brefs et un long pour le phare et deux longs pour la corne.

C'est sans doute passionnant mais j'avoue que je n'ai pas vraiment la tête à ça pour le moment.

— Vous voulez voir ce que ça donne, là-haut ?

— Certainement, accepte Perséa pour nous deux.

— Malheureusement on verra pas grand chose à cause du brouillard, mais c'est déjà une aventure d'escalader l'escalier de cent vingt-huit marches. Vous avez le vertige ?

— Non, pas du tout, dit Perséa en riant.

Quel culot, alors qu'il y a quelques minutes à peine, elle avait du mal à rester simplement debout !

L'ascension se fait en silence. Le bruit de nos bottes sur les marches de fer me rappelle lui aussi ce qu'a été notre vie jusqu'à tout récemment. Enfin parvenus au sommet, j'avoue que le coup d'œil vaut le déplacement. Bien que la visibilité soit aussi nulle à une trentaine de mètres du sol qu'au ras de l'eau, l'installation elle-même est impressionnante. Il serait bien intéressant de revivre l'expérience par temps clair, mais je doute que nous ayons l'occasion de le faire.

— Monsieur... au fait, vous ne nous avez pas dit votre nom, commence Perséa qui montre déjà une certaine familiarité.

— Lavoie. Capitaine Philippe Lavoie.

— Un capitaine ? Vous êtes donc un militaire ?

— Non, non ! dit-il en souriant. J'étais commandant sur un bateau de pilotes.

— Et à quoi sert un bateau de pilotes ?

— À transporter les pilotes sur les navires qui s'engagent sur le fleuve, hein !

— Vous avez cessé de le faire ? demandé-je.

— Il a bien fallu, loup-marin ! Le gouvernement a déménagé le poste il y a bien des années maintenant. Alors je suis devenu gardien de phare mais même là, ça a bien changé.

— Comment donc ? s'enquiert Perséa.

— Aujourd'hui toutes les machines fonctionnent électroniquement, hein. La corne se met à crier toute seule dès qu'il y a du brouillard et le phare reste allumé continuellement. Mon travail maintenant est plutôt celui d'un homme d'entretien.

— Vous êtes tout seul pour faire ce travail ? dis-je soudain intéressée.

— Y a pas besoin d'autre personnel, fait-il en haussant les épaules.

— Et vous vivez seul ? insisté-je.

— Bien oui ! J'ai jamais eu le temps d'avoir une famille, j'étais toujours en mer. Et ici je vis plutôt retiré. L'hiver, le chemin est même pas déneigé, hein !

— Vous voulez dire que vous êtes complètement isolé ? Que la *neige* bloque les routes ?

— Bien oui ! Et c'est tant mieux. Moi, le monde, ça me fatigue.

Du coup nous venons de recevoir deux informations capitales. Premièrement le fait que la route soit impraticable sous la neige explique la désertion des habitants des maisonnettes. Où vont-ils ? Quant à moi ils peuvent bien se rendre sur Marsia ou Vénus, ça n'a aucune importance. Et deuxièmement, l'homme vivant seul ici, nous ne pouvons espérer d'autre aide que la sienne. Mais même s'il est un mécanicien hors pair, cela n'en fait pas pour autant un bon médecin !

SEIZE

Après le phare, le gardien de la station nous conduit au hangar de la corne de brume, mais il n'y a vraiment rien là d'intéressant. J'ai retrouvé mon mutisme et c'est Perséa qui fait les frais de la conversation. Je me demande combien de temps elle a l'intention de jouer cette scène de la touriste captivée par tout ce qu'un vieux bonhomme lui raconte. D'ailleurs il en remet sans doute un peu car je ne vois pas ce qui peut arriver de passionnant à un type qui vit complètement à l'écart de la civilisation.

Pendant qu'il explique à Perséa le fonctionnement des compresseurs et les lois de la navigation, j'inspecte du regard la machinerie qui constitue le centre vital de ce qu'il appelle la station. Par Jupitera, tout ceci est si rudimentaire ! Il y a déjà plus de trente ans que des humains voyagent dans l'espace et ce pauvre individu croit nous en imposer avec son moteur électrique !

Moteur électrique ?... Je me demande... L'électrique serait-elle à la base de cette fameuse source d'énergie qui pourrait fournir à la fois chaleur, fraîcheur et lumière dans notre modeste refuge ? La question me brûle les lèvres, mais je crains que l'étalage de mon ignorance ne déclenche chez notre guide une série d'interrogations à notre sujet. Ne serait-il pas étonnant que deux jeunes femmes, d'où qu'elles soient, ne sachent pas ce qu'est l'électrique ? S'il s'agit d'une banalité dans leur vie quotidienne, notre ignorance pourrait nous trahir.

Perséa est complètement absorbée par les propos du bonhomme. Je devrais peut-être en faire autant. Ce serait sans doute plus utile que de cogiter dans mon coin.

— ... et s'il arrive que le réseau électrique soit hors d'usage ? demande ma compagne.

— Eh bien c'est la génératrice de la station qui fait le travail. Il faut vraiment pas que les installations arrêtent de fonctionner. Ce serait la catastrophe pour les marins.

— C'est passionnant ! conclut Perséa en croisant fortement les bras sur sa poitrine.

— Vous avez froid, hein ?

— Un peu, avoue Perséa.

— C'est l'humidité. Il faudrait pas que vous attrapiez un rhume... surtout en vacances, hein !

Perséa ne dit rien et m'adresse un clin d'œil complice. Le froid, les frissons... un rhume...

— Espérons qu'il n'est pas déjà trop tard, fait-elle en frissonnant si intensément que je me demande si elle feint un malaise semblable à celui d'Aldébarus ou si elle est vraiment indisposée.

— Venez à la maison. Un peu de chaleur et un bon café bouillant vont vous remettre d'aplomb. Et vous, mademoiselle ? me demande-t-il en se tournant vers moi.

— Euh... Je dois dire qu'une boisson chaude me réconforterait sûrement mais nous ne voudrions pas abuser de votre hospitalité.

— Oh, loup-marin !, vous me dérangez pas du tout. Si c'était le cas, je vous aurais pas invitées, hein ?

De retour à l'extérieur, le brouillard nous accueille lui aussi mais de façon beaucoup moins hospitalière, il me semble. Je ne joue pas la comédie, moi, lorsqu'un long frisson me parcourt le corps de la tête aux pieds.

Après avoir verrouillé la porte derrière nous (je ne sais pour quelle raison d'ailleurs puisqu'il n'y a pas âme qui vive à des centaines de kilomètres peut-être), il nous précède vers sa maison dans un silence aussi troublant qu'en début de visite. J'en conclus que le gardien ne peut faire deux choses à la fois, marcher et parler.

La maison est, elle aussi, aux couleurs du reste de la station. De plus elle est beaucoup plus grande que celles que nous avons visitées jusqu'à maintenant sur Terra. Fait curieux, elle s'élève sur deux niveaux. À même le toit sont aménagées de jolies lucarnes qui donnent un charme assez particulier à la demeure. Sur le côté gauche de la maison se greffe une partie entièrement vitrée qui doit permettre une magnifique vue extérieure par temps clair. Mais aujourd'hui, il serait certainement lugubre de s'y tenir, à cause de ce brouillard.

Nous entrons à la suite du gardien et sentons la bienfaisante chaleur qui règne à l'intérieur. Par Jupitera, je ressens un tel bien-être que je ne peux m'empêcher de penser qu'il doit être agréable de vivre ici. Je remarque alors que près de l'entrée se trouve un appareil que je n'ai encore jamais vu. Il en sort une espèce de pétillement... et beaucoup de chaleur. Comme je le regarde bizarrement, notre hôte éclate de rire.

— Bien quoi ? Vous avez jamais vu de poêle à bois ? Pourtant ça doit pas manquer chez vous, loup-marin !

— Oh bien sûr ! dis-je en souriant gauchement. Mais c'est... la forme qui est différente.

— Ah, la forme... répète-t-il.

— Si vous me permettez, capitaine, je vais m'en approcher un peu. Sa chaleur me fait vraiment du bien, dit Perséa. J'ai bien peur finalement d'avoir attrapé cette chose dont vous parliez.

— Ce serait dommage pour vous. Mais je vais vous donner quelque chose pour vous soulager un peu. Je reviens dans une minute.

Aussitôt qu'il quitte la pièce je m'approche de Perséa.

— Splendide ! Tu es une excellente actrice quand tu veux.

— Oh non, Siria. Je ne joue pas du tout la comédie.

— Tu veux dire que...

— Au moins nous savons maintenant ce qu'est cette maladie et nous aurons les médicaments qu'il faut. C'est déjà ça ! soupire Perséa.

Si je me fie à l'expérience que nous avons eue avec Aldébarus, je conclus qu'elle sera très rapidement en si mauvais état que je ne pourrai plus compter sur elle. Il faut donc partir à tout prix dès que nous aurons le remède. Et puis je m'inquiète encore davantage pour Aldébarus. Dans quel état allons-nous le retrouver ?

Des pas énergiques nous indiquent que le bonhomme revient rapidement.

— Voilà, mademoiselle. Un comprimé toutes les trois ou quatre heures devrait faire l'affaire. J'espère que vous avez aussi une bonne provision de mouchoirs en papier parce que vous allez en avoir besoin.

— Des... mouchoirs en papier ? s'étonne Perséa.

J'ai beaucoup de mal à imaginer ce qu'est un mouchoir fait de papier et cela doit paraître sur mon visage car l'homme ajoute :

— Non, non, c'est pas du tout comme du papier à écrire, hein. Ça ressemble plutôt à du papier hygiénique.

— ...

— Bien quoi ! Vous allez jamais au petit coin dans votre pays ?

— Excusez-moi, monsieur. C'est que le mot russe, pour ça, ne correspond pas vraiment à la traduction française, dis-je pour nous sortir d'embarras.

— En russe ! s'exclame notre hôte en ouvrant de grands yeux. Je pense bien que vous êtes les premières touristes russes que j'aie jamais vues !

Par Jupitera ! Est-ce que je ne peux faire que des gaffes dès que j'ouvre la bouche ?

— Merci, intervient Perséa qui a pris des mains du bonhomme la petite fiole de médicaments.

— Prenez-en un tout de suite, prescrit-il en se détournant de moi.

Perséa ne se le fait pas dire deux fois. Maintenant il faut trouver un moyen de partir d'ici sans que ça ait l'air d'une fuite.

— Penses-tu pouvoir marcher jusqu'à notre... abri ? demandé-je.

— Je crois que oui, me répond-elle.

— Oh, mais il est pas question que vous partiez comme ça ! proteste l'homme. C'est pas un temps à faire du camping. Vous allez rester ici, au chaud, et je vais m'occuper de vous. Et de vous aussi, mademoiselle... ?

— Je m'appelle Siria, dis-je en essayant de sourire.

— Et moi c'est Perséa.

— Ce sont de bien jolis noms. Je pensais que toutes les filles russes s'appelaient Nadia ou Natacha.

— Vous êtes gentil de vous préoccuper de notre santé, dis-je patiemment, mais nous devons partir.

— Pourquoi ? insiste-t-il en me regardant dans les yeux.

— Parce que... eh bien, parce qu'...

— Votre copain vous attend ? Il est malade, lui aussi ?

J'en reste muette d'étonnement ! Le gardien se met à rire et je trouve ça tout à fait sinistre. Qui est donc cet homme ? Comment sait-il... À moins qu'il ne nous tende une sorte de piège ? Mais non. Pourquoi inventerait-il une chose pareille ?

— Où est-il ? Vous vous êtes installés dans la maisonnette ?

Alors il ne sait pas que nous en avons visité deux ? Que sait-il au juste ? J'aimerais bien être fixée. Je suppose que notre silence confirme notre culpabilité, mais il ne semble pas vraiment y trouver une grande importance.

— Est-il transportable ? Peut-il venir par ses propres moyens ?

Perséa et moi nous consultons du regard. Puisqu'il semble au courant pour Aldébarus, pourquoi ne lui ferions-nous pas confiance ? D'ailleurs avons-nous le choix ?

— Quand nous l'avons quitté pour partir à la recherche... de secours, il était beaucoup plus malade que moi maintenant. Mais le mal avait commencé de la même façon.

— Il avait de la fièvre ?... Il était brûlant ?

Brûlant me semble un bien grand mot mais Perséa n'hésite pas à dire oui.

— Vous avez pris un sérieux refroidissement, hein ? On a pas idée de prendre un bain d'eau de mer en octobre, loup-marin !

Il sait ça aussi ! Alors il a dû voir notre amerrissage.

— Vous, dit-il en pointant du doigt Perséa, vous allez rester ici. Je vais vous installer dans une des chambres, là-haut, et je vous défends de bouger de là. Siria et moi irons chercher votre ami. Au fait, comment s'appelle-t-il celui-là ?

— Aldébarus, dis-je.

— Une autre étoile, hein ! Aidez-moi à installer Perséa. Plus tôt nous ramènerons votre ami, mieux cela vaudra pour lui. J'ai bien peur que son cas soit plus grave qu'un simple rhume.

Ce qui constitue l'étage de la maison est en fait une série de chambrettes toutes pourvues d'un lit rudimentaire, d'un petit pupitre, d'une chaise et d'une commode. Nous mettons Perséa au lit, la couvrons de couvertures et sans tarder nous allons chercher Aldébarus.

DIX-SEPT

J'accompagne le gardien jusqu'à un autre hangar que je n'avais pas encore vu, non pas à cause du brouillard mais simplement parce qu'il se trouve de l'autre côté de la maison. Il manœuvre une large porte qui s'ouvre à la verticale et révèle ainsi un véhicule dans lequel je reconnais celui qui nous a forcés à rester sous la pluie si longtemps la nuit dernière. Je commence à comprendre que l'homme était déjà à notre recherche et que même si nous n'étions pas venues ici ce matin, Perséa et moi, il nous aurait probablement trouvés quand même.

Il n'y a d'espace que pour un seul siège (assez large pour asseoir trois personnes) et l'arrière est une boîte à ciel ouvert servant, je suppose, au transport de matériel divers.

— Montez dans la camionnette, me lance-t-il.

Une fois installés dans la cabine de pilotage, il introduit une clé dans le tableau de bord, la tourne et le moteur (électrique ?) se met en marche. Nous sortons du hangar en marche arrière puis nous prenons la route à rebours de ce que Perséa et moi avons marché il y a deux ou trois heures déjà. Mais le trajet est couvert beaucoup plus rapidement maintenant et il ne suffit que de quelques minutes pour que nous apercevions la maisonnette où se trouve Aldébarus.

À ma grande surprise, le gardien ne s'arrête pas et file plutôt en direction de celle où nous avons échoué à notre arrivée.

— Arrêtez ! dis-je. Vous avez passé tout droit.

Cette fois c'est lui qui est surpris. Il applique les freins si brusquement que je me sens précipitée vers le tableau de bord. Une fois le véhicule arrêté, il me regarde en fronçant les sourcils.

— Nous avons élu domicile, tout à fait temporairement, dans celle-là, dis-je en pointant du doigt derrière moi.

— Pourquoi ? Elle est plus confortable que l'autre ?

— Non mais il n'y avait rien à manger dans la première et...

— Vous veniez que pour pique-niquer ? demande-t-il avec un sourire en coin.

Sans me laisser le temps de répondre il fait de nouveau marche arrière et arrête son véhicule devant la maison. Puis il coupe le moteur et descend. J'en fais autant. On ne peut pas dire que le bonhomme pèche par excès d'amabilité. Si Perséa a su attirer sa sympathie, apparemment il n'en est pas de même pour moi.

Il arrive à la porte avant moi et, sans cérémonie, il entre comme s'il était chez lui. La petite maison est tout à fait silencieuse. À première vue, elle semble déserte. Je m'approche du canapé où nous avons laissé Aldébarus et, à mon grand désarroi, il est vide. Les couvertures sont pêle-mêle, moitié par terre, moitié sur la couche, mais notre compagnon a disparu.

— Aldébarus ?... Où es-tu ?... Réponds, c'est moi, Siria.

Le silence reste total. Le gardien ne perd pas de temps et se met à visiter les quelques pièces du chalet. Je le suis et je découvre Aldébarus en même temps que lui, affalé dans la salle de bains. Il n'est pas inconscient, il parle, mais dans son délire il utilise notre langue maternelle.

— Qu'est-ce qu'il dit ? me demande l'homme en empoignant le malade par les aisselles.

Ce qu'il dit c'est : « Planète Terra en vue. Impossible de s'y poser. Atmosphère empoisonnée. Sol en flammes. Demande permission de retour à la base. Luna ! Luna, répondez-moi ! » Et il répète sans cesse le message à quelques variantes près. Je ne peux toutefois pas traduire ce délire textuellement. C'est trop dangereux. J'invente alors quelque chose :

— « J'ai soif. Donnez-moi de l'eau. Je meurs de soif. »

— Il me semble que c'était plus long que ça, grogne l'homme.

— C'est qu'il redit la même chose... dans des mots différents, mais il délire. C'est sans doute pour boire, d'ailleurs, qu'il est venu jusqu'au robinet.

Nous le soutenons jusqu'au canapé où il s'effondre comme une chiffe molle.

— Il faudrait d'abord l'habiller, dis-je comme si ce n'était pas évident.

— Naturellement, loup-marin ! Où sont ses vêtements ?

— Là, près de la fenêtre.

Il les prend et revient vers nous.

— Ils sont secs ? demandé-je.

— Ouais. Allez-vous me dire que vous avez aussi marché sous le déluge d'hier, hein ?

— ... Euh...

— Je vois.

Nous habillons rapidement le malade puis, à nous deux, nous le soutenons de nouveau mais cette fois jusqu'à la camionnette. Nous l'installons au centre du siège puis le capitaine me demande :

— Vous voulez emporter autre chose ?

— Nous n'avons rien qui nous appartienne.

— Drôles de touristes, hein !

DIX-HUIT

Durant le trajet qui nous mène à la station, je découvre un nouveau symptôme chez Aldébarus. Il est fréquemment secoué par des quintes de toux qui le font se plier en deux.

— Courage, mon garçon. Nous sommes presque arrivés, dit le gardien en accélérant.

Comme la route est criblée de trous plus ou moins profonds, nous sommes secoués comme... comme des dés dans un gobelet. Seulement voilà, nous ne sommes pas en train de jouer au trictrac, mais par Jupitera, nous tentons de sauver un homme. Or il me semble que cette façon d'être ballottés n'a rien pour soulager le malade.

— Vous ne pourriez pas ralentir un tout petit peu, dis-je avec un brin d'impatience dans le ton.

— Vous croyez, mademoiselle, que c'est le moment d'admirer le paysage ? riposte le bonhomme.

— Ce n'est pas pour moi, c'est pour Aldébarus. Vous nous brimbalez tellement qu'il va finir par cracher ses poumons !

— Si nous nous dépêchons pas à le soigner, c'est pas seulement ses poumons qu'il va cracher.

J'hésite un instant, le temps de me demander si le bonhomme exagère, puis je lui demande d'un ton nettement plus doux :

— C'est si grave que ça ?

— Je suis pas médecin, mais à ce que je peux voir, votre copain a attrapé une pneumonie.

— C'est dangereux ?

— Ça peut être mortel si c'est pas soigné.

Je passe mon bras autour des épaules d'Aldébarus et le tire tendrement vers moi. Ses cheveux humides de sueur, son visage brûlant me font prendre conscience de notre impuissance face aux dangers vers lesquels nous courions en venant ici.

Nous arrivons enfin à la maison du gardien, sains et saufs. Nous nous hâtons de transporter Aldébarus à l'intérieur.

— Nous allons l'installer tout de suite dans une chambre, dit le gardien.

Nous grimpons l'escalier, pour ne pas dire que nous l'escaladons marche par marche, sur nos pieds, nos genoux et nos mains selon les besoins. La première chambre sur notre gauche étant occupée par Perséa, nous couchons Aldébarus dans celle qui se trouve juste en face, de l'autre côté du corridor. L'ameublement est pratiquement le même.

— Vous en avez plusieurs sur le même modèle ? dis-je en soufflant un peu.

— De quoi parlez-vous ?

— De ces chambres.

— Oh, il y en a cinq ou six. Quand les pilotes étaient pas en mer, quand ils étaient en attente, il fallait bien qu'ils dorment quelque part, hein !

— Et maintenant vous avez la maison pour vous tout seul ?

— Bien oui !

— Jamais personne d'autre ne vient, des visiteurs, des amis... Je ne sais pas, moi ?

— Non. Ou plutôt, oui. Il arrive que Jérôme vienne y passer la nuit de temps à autre.

— Qui est-ce ?

— Un ami. En fait c'est mon seul vrai copain, loup-marin !

Faudra-t-il que je me méfie de ce nouveau personnage ?

— Vous devriez aller voir... Perséa.

— Oui, j'y vais tout de suite.

— Drôle de nom, quand même... Pendant ce temps je vais chercher des comprimés pour Al...

— Aldébarus.

— Et après, nous aurons une petite discussion... à moins que vous ne vous sentiez mal à votre tour.

— Ça va très bien pour le moment, merci. Et je suis parfaitement d'accord pour la discussion. Nous en avons bien besoin tous les deux.

Pour la première fois, je pense, il esquisse un sourire. Voilà qui augure bien et c'est tant mieux, car ce que je vais devoir lui révéler risque de lui porter un sacré coup au cœur.

En entrant dans la chambre de Perséa, celle-ci me demande d'une petite voix faiblarde :

— Comment va Aldébarus ?

Quelle question ! Et surtout quelle réponse dois-je y apporter. Je ne crois pas mentir en lui disant :

— Son état est stable, si ce n'est qu'il tousse beaucoup.

— Sa peau est-elle encore brûlante ?

— Oui mais le gardien va lui donner le même médicament qu'à toi. Il pense que ce n'est pas trop grave.

Pourquoi l'inquiéter ? Surtout qu'elle pourrait suivre le même parcours.

— Bien, fait-elle simplement.

— Et toi ?

Je m'approche pour lui toucher le front et constate qu'il n'est pas aussi brûlant que celui d'Aldébarus.

— J'ai un peu mal à la tête, j'ai la gorge en feu, mais pour le reste ça va.

— Continue de te reposer, c'est sans doute ce qu'il y a de mieux à faire.

Elle me regarde, hésite un moment, puis se décide à demander :

— Le capitaine... Il a posé des questions ?

— Non. Pas encore.

— Mais ça va venir.

— Ouais. Ça va même venir très vite parce qu'en sortant d'ici, je vais le retrouver. Il veut que nous ayons une conversation et je suis d'accord. On ne peut pas faire durer le doute encore bien longtemps. Nous avons des choses à lui expliquer mais lui en a aussi à nous apprendre et au point où nous en sommes tous, je pense qu'il vaut mieux se dire la vérité.

— Tu crois qu'il est prêt à l'entendre, la vérité ?

J'hésite à peine avant de répondre :

— Oui. Et je me demande même jusqu'à quel point il ne l'a pas déjà devinée.

DIX-NEUF

Nous sommes assis à la table de la cuisine devant une délicieuse boisson chaude. Il appelle ça du *chocolat* . Je savoure le velouté du contenu de ma tasse par petites gorgées alors que lui joue avec sa cuillère.

— Lequel de nous deux prend les commandes ? demande-t-il en me regardant par en-dessous comme s'il m'étudiait.

— Je vous donne la barre, dis-je en riant.

— D'accord, fait-il en approuvant de la tête. J'y vais. Je sais peu de choses, au fond.

— Mais vous en pressentez pas mal, non ?

— Disons que j'ai du flair. Mais là, je me demande si je suis pas en train de débloquer.

Comme je fronce les sourcils à ce mot que je ne connais pas, il ricane un peu et précise que cela veut dire « un peu fou sur les bords » . Après une courte hésitation, je sors de ma poche mon interprète et me l'installe dans l'oreille en disant :

— Ce sera plus facile comme ça.

À ses yeux je vois qu'il est surpris et j'appréhende un peu sa réaction. Quelle tête il ferait s'il connaissait l'utilité réelle de ce truc !

— J'avais pas remarqué que vous aviez des problèmes pour entendre, dit-il en se frottant le menton.

Pour toute réponse je hausse les épaules en souriant encore. Je viens d'entrer en mission de grande séduction en prévision de ce qui va suivre.

— Pour commencer, voici ce que j'ai vu. Ça, au moins, c'est concret. D'abord je dois vous dire que je suis très attiré par les étoiles, le ciel... J'y connais pas vraiment grand chose mais quand je naviguais, j'ai appris à reconnaître quelques étoiles, quelques constellations. Mais il y a tellement de noms impossibles à retenir... Je me souviens encore des plus faciles à situer : la Grande Ourse avec l'étoile Polaire ; Orion qu'on aperçoit l'hiver seulement, avec les étoiles Sirius et Aldébaran.

Il fait une petite pause agrémentée d'un sourire entendu qui en dit assez long, merci, sur son flair.

— Et aussi la constellation de Cassiopée, qui fait toujours face à celle de la Grande Ourse.

— Moi aussi j'adore les étoiles. J'étais la meilleure en astronomie. Natacha...

Mais je m'arrête brusquement.

— Pardon. Je vous ai coupé la parole, dis-je en portant ma main droite à mes lèvres.

— Il y a pas de mal, loup-marin !, puisque nous sommes ici pour... apprendre à nous connaître. D'ailleurs j'aurais une petite question.

— Oui ?

— Qui est Perséa ? Où est-elle, dans l'espace ?

Je souris.

— C'est une petite constellation que l'on peut repérer à partir de Cassiopée.

— Ah... Mais pourquoi, loup-marin !, avez-vous tous ces noms bizarres ? Vos parents devaient être à court d'idées, hein ?

Cette fois je ris franchement.

— Je vous en reparlerai quand ce sera mon tour.

— Comme vous voudrez, mais j'ai hâte d'entendre ça. Je disais donc que j'aime observer le ciel. Et de là-haut, dit-il en pointant l'index en direction du phare, j'ai un peu l'impression de m'en approcher... d'en faire partie. Cette nuit-là, j'étais monté dans le phare un peu avant l'aube, comme ça m'arrive assez souvent quand j'ai plus sommeil. Je regardais le ciel et j'ai cru apercevoir quelque chose qui se déplaçait. J'ai pensé à un avion, mais le bruit... Bien, j'entendais rien. Pas de moteur. Aucun feu de position non plus. Seulement une petite lueur... comme une étoile filante en panne d'essence, ah, ah, ah ! Puis j'ai entendu un gros *plouf.* Je me suis dépêché de prendre mes jumelles, mais j'ai rien aperçu à la surface de l'eau. J'étais pas mal excité parce que je pensais que c'était une sorte de météorite qui avait coulé à pic. Quand le jour s'est levé, j'ai regardé encore mais il y avait rien. J'ai promené mes jumelles dans le coin, sur l'eau et sur les berges et c'est là... là que je vous ai aperçus. Habillés comme vous êtes en ce moment. Ça ressemble pas à ce que j'imaginais d'un habit d'astronaute, hein ! Je vous ai vus rôder autour du chalet de l'Anglais...

— Le chalet de l'Anglais ?

— Bien oui, il appartient à un Anglais, Mr. Warden.

Mes yeux doivent laisser paraître ma soudaine compréhension au sujet de la langue dans laquelle étaient écrits tous les livres de la bibliothèque et les journaux, car mon interlocuteur me demande :

— Vous avez quelque chose contre les Anglais ?

— Non, non. C'est seulement... Continuez s'il vous plaît, vous comprendrez plus tard.

— Je commence à avoir hâte d'entendre ce que vous avez à dire, loup-marin !

— Cela ne tardera pas.

— Bon... Je voyais pas trop bien ce que vous faisiez. Je savais pas non plus si les Warden avaient fermé leur chalet pour l'hiver, mais je savais qu'ils y avaient pas passé la nuit. Puis je vous ai perdus.

Il prend un petit instant de réflexion et conclut :

— C'est tout. Quand je vous ai aperçus tout à l'heure, sur mon terrain, je vous ai tout de suite reconnus. Je me demande ce que vous avez fait depuis hier...

— Rien de répréhensible, je crois, dis-je pour le rassurer.

— Vous croyez peut-être, mais la violation d'une propriété est punie par la loi.

— Nous avons fait ça ? m'étonné-je.

— Certainement. Quand vous êtes entrés dans le chalet — je devrais dire les chalets ? — vous avez commis une effraction. Et vous avez volé de la nourriture, je suppose ?

— Pas volé ! protesté-je. D'abord, chez l'Anglais, comme vous dites, il n'y avait rien du tout. À mon avis, il est bien fermé pour l'hiver. Et dans l'autre, nous n'avons trouvé que des sachets contenant je ne sais quoi et pas très mangeable en plus. Nous... C'était une question de survie !

— Pour vous, peut-être, mais pour la police, vous êtes maintenant des voleurs.

Par Jupitera ! Nous sommes sur Terra depuis à peine deux jours et nous sommes déjà des criminels ! Et mon père qui disait que ce pays était des plus pacifiques et sûrs ! Il ne devait pas être bien fort en sociologie...

Le gardien semble lire dans mes yeux. Il sourit doucement et me touche l'avant-bras de sa main droite.

— Faut pas avoir peur. Je suis pas un policier et en plus je sais bien que vous avez pas de malice.

Je le regarde intensément et souris à mon tour.

— Merci de nous faire confiance.

Un long moment de silence s'établit entre nous. Je réfléchis à tout ce qu'il m'a dit et je me demande...

— Est-il possible que d'autres personnes aient assisté à notre arrivée ?

— C'est pas impossible mais c'est peu probable. D'abord parce qu'à l'heure où vous êtes... arrivés, les curieux sont plutôt rares. C'est au début de la nuit que les astronomes amateurs lèvent les yeux au ciel, pas à l'aube. Il y a que les vieux bonshommes comme moi pour faire ça. Et puis si quelqu'un d'autre avait vu quelque chose, le secteur aurait été vite envahi par toute sorte de gens. Vous pouvez être certaine que votre présence aurait été signalée.

J'approuve de la tête avec soulagement.

— Et maintenant si vous éclairiez ma lanterne, loup-marin ? Je suis curieux de connaître votre histoire.

— Je me demande pourtant jusqu'à quel point vous serez enchanté de la connaître !

VINGT

—Je veux vous parler de mes parents, de ceux de Perséa et d'Aldébarus, aussi.

— C'est important dans votre histoire ?

— C'est essentiel.

— Alors va pour la famille.

— Mon père, Anton Yesev, était lieutenant à bord de l'astronef. Ma mère, Kim Nellikova, était biologiste. C'est le père de Perséa, le major Youri Kaparov, qui était chef-pilote et sa femme, Natacha Rikitova, était astrophysicienne.

— La Natacha dont vous avez échappé le nom tout à l'heure ?

— C'est ça. Quant au père d'Aldébarus, Theodor Zipeline, il était médecin et son épouse, Svetlana Thekova, était capitaine de la mission.

— Vous dites « était ». Voulez-vous dire qu'ils sont tous morts ?

— C'est fort possible, ou ça ne saurait tarder maintenant.

— Mais pourquoi les avez-vous laissés couler avec votre... astronef ?

Je le regarde, étonnée à mon tour, puis je devine son erreur.

— Non, non. Ils n'étaient pas à bord avec nous. Ça, c'était avant notre naissance.

— Je suis pas certain de bien saisir.

— Attendez. Vous allez comprendre.

Je prends une bonne bouffée d'air et je me lance dans l'histoire que nos parents nous ont racontée avant que nous nous embarquions pour Terra : l'existence des États-Unis d'Amérique et de l'Union soviétique, les sondes Lunik II et III, les missions Apollo, le débarquement des Américains sur Luna, la rivalité des deux grandes puissances, l'armement nucléaire, l'abandon du programme Apollo concernant Luna...

— Jusque-là, vous m'apprenez rien, loup-marin !

— Attendez !

Et je continue avec le projet de base secrète (voire de station de survie) de l'Union soviétique. Je prends quelque temps pour expliquer le but de cette base. Je rappelle à mon auditeur attentif que la menace de guerres nucléaires, en 1973, prenait des proportions telles que notre gouvernement voyait dans ce projet un moyen ultime de sauvegarder le savoir de l'humanité.

— Loup-marin ! Ils y allaient pas de main morte ! Ils avaient qu'à arrêter leurs querelles, ça aurait coûté moins cher. Et d'ailleurs c'est ce qu'ils ont fini par faire, hein.

— Que voulez-vous dire, monsieur Lavoie ?

— Je veux dire que l'Union soviétique existe plus. Kaput les communistes... Mais finissez d'abord votre histoire. Pour le bulletin d'actualités, j'aimerais mieux que tout le monde soit présent. Vous risquez d'en tomber sur le c... sur le dos.

— Ah bon.

Je fais le point pour m'y retrouver dans mon histoire, comme il dit, et je reprends mon récit.

— L'astronef – le même qui nous a amenés ici – a emporté trois scientifiques et trois officiers dans le but de créer une station souterraine où ils allaient peut-être passer le reste de leur vie. Évidemment ils devaient aussi assurer la relève, c'est-à-dire... nous, pour le cas probable où l'humanité allait s'autodétruire à plus ou moins long terme.

Puis je lui parle de l'obligation qui s'est soudain présentée de quitter Luna, de la vraie raison (l'épuisement et la mort de la station) qu'ils avaient tenté de nous cacher en disant qu'il était temps d'aller vérifier si Terra était toujours vivante.

— Vous voulez dire... qu'ils sont encore là-haut ? fait le gardien qui n'a pas l'air d'en croire ses oreilles.

— Oui, mais j'ignore si...

— Mais pourquoi ils sont restés là ? Pourquoi ils sont pas revenus avec vous ?

— Il n'y avait pas assez de place pour tout le monde et aucun n'a voulu se séparer de ses compagnons.

J'enchaîne assez rapidement sur ce que nos parents nous ont appris des habitants de Terra, des différents pays et leurs langues...

— Au fait, dis-je avec un petit sourire en coin, placez ceci dans votre oreille.

— Mais je suis pas sourd, moi.

J'insiste et lui tends mon interprète. D'un geste peu rassuré comme s'il avait peur que ça lui explose dans la tête, le gardien l'installe dans sa propre oreille.

— C'est un décodeur linguistique. Je vous parle français et vous entendez la traduction simultanée en russe.

— Loup-marin ! Vous feriez fortune avec un truc pareil !

Nous rions ensemble.

— Et ça fonctionne pour toutes les langues ? demande-t-il.

— Malheureusement non. Il ne capte que l'anglais, le français et l'espagnol.

— Vous parlez si bien français, hein, que vous avez pas besoin de ça !

— Mais nous ne connaissons pas tout le dictionnaire français.

— Pour ça ! Personne pourrait s'en vanter. Il paraît que c'est une des langues les plus difficiles de la planète.

— Vous devriez apprendre le russe, il paraît que c'est une des langues les plus musicales de la planète.

Nous rions de nouveau et je dois dire que jusqu'à maintenant, notre entretien est des plus détendus. Je lui parle finalement des raisons politiques qui ont fait du Canada notre cible d'atterrissage.

— Voilà, dis-je en concluant. C'est en gros notre histoire.

— On peut dire qu'elle est assez bizarre, hein ?...

VINGT ET UN

Ma tasse de chocolat chaud est vide et le gardien a cessé de jouer avec sa cuillère. Une sorte de moue se dessine sur son visage, comme le ferait un enfant à qui on aurait promis le ciel et qui n'aurait reçu qu'une lunette d'approche pour le regarder de plus près sans jamais pouvoir y toucher.

Il se lève et se met à arpenter la cuisine de long en large. Je n'ose pas rompre le silence. J'ai un peu peur de lui, maintenant. Puis il se dirige brusquement vers l'escalier.

— Je vais voir les malades.

Sans un mot je le suis, un peu en retrait. Nous trouvons Aldébarus profondément endormi. Il est sagement étendu sous ses couvertures. Le gardien le touche au front puis, se tournant vers moi, il dit :

— Sa fièvre est tombée, finalement. C'était peut-être moins grave que je pensais, après tout.

Il regarde sa montre-bracelet et ajoute :

— Je lui donnerai deux autres comprimés dans une heure. Et maintenant la fille.

Je lui laisse le passage et le suis tout aussi discrètement. Perséa ne dort pas. Elle est étendue sur le dos, les yeux larmoyants et la respiration embarrassée. Après lui avoir aussi touché le front il lui dit :

— Vous avez encore un peu de fièvre mais votre copain se porte déjà mieux alors tout devrait bien aller. Demain nous devrions voir d'heureux changements.

— Merci, souffle-t-elle faiblement. Est-ce que je pourrais avoir un peu d'eau ? J'ai la gorge si sèche.

— J'y vais, dis-je en m'apprêtant à sortir.

— Apportez aussi la bouteille de comprimés. Il est temps de lui faire avaler sa dose.

Je dévale l'escalier dans le temps de le dire, non seulement pour rapporter ce que Perséa a demandé dans les plus brefs délais mais aussi parce que je ne veux pas la laisser seule avec le bonhomme. Son attitude me paraît différente tout à coup. Par Jupitera, aurais-je dû me taire en ce qui concerne Luna ? C'était peut-être trop demander à cet homme retiré du monde depuis des années de comprendre des choses si hautement scientifiques. Je suppose que pour lui, Luna est encore faite de fromage !

À mon retour dans la chambre de Perséa, il est assis sur le bord du lit et parle à voix basse avec elle.

— Voilà, dis-je en lui tendant la petite fiole.

Il verse deux comprimés dans le creux de sa main et soulève doucement la tête de la malade pour les lui faire avaler avec quelques gorgées d'eau. Puis il se lève, remonte un peu les couvertures et dit :

— À demain.

Nous sortons tous les deux et il tire un peu la porte derrière lui.

— Si vous voulez bien m'indiquer l'endroit où je pourrai dormir, j'aimerais me retirer tout de suite.

— Mais vous avez pas encore mangé ! s'étonne-t-il.

— Il fait déjà presque nuit.

— C'est toujours comme ça en octobre. Si vous voulez vous reposer quelques heures, je préparerai le souper et nous mangerons quand vous voudrez.

— Cela ne vous ennuie pas ? dis-je un peu mal à l'aise, quoique l'idée de manger me sourit un peu car je n'ai rien avalé depuis le matin.

— Pas du tout. Venez.

Il me conduit à la porte voisine de celle d'Aldébarus. Je trouve dans la pièce des aménagements semblables à ceux des autres pièces.

— À plus tard, alors ! dit-il en refermant la porte.

Mon premier geste est de me rendre à la fenêtre. C'est seulement à ce moment-là que je me rends compte que la corne de brume est toujours en fonction. Je l'avais complètement oubliée. Dehors je ne vois absolument rien. Même le brouillard est invisible dans la nuit.

Je m'assois sur le bord du lit, retire mes bottes et m'étends lentement sur le dos. Les yeux au plafond, les mains sous la nuque, je réfléchis à la tournure des événements. Comme il est inutile de revenir sur le passé, d'effacer ce qui a été dit, j'envisage plutôt ce qu'il me faudra faire, tout à l'heure, quand je descendrai.

Il semble clair que l'homme ne m'apprendra rien de nouveau tant qu'Aldébarus et Perséa ne seront pas remis sur pied, ce qui prendra combien de temps ? Par Jupitera, je n'en sais fichtrement rien ! Alors d'ici là, si le bonhomme est d'accord naturellement, pourquoi ne pas laisser couler la vie un peu, le temps de décompresser ?

La maison est silencieuse, si ce n'est le beuglement de la corne qui, curieusement, m'inspire la détente par la monotonie de sa grosse voix. S'il provoque le même effet sur les navigateurs...

Je me sens couler dans un bien-être indescriptible. Je ferme les yeux et apparaît le ciel étoilé de Luna. Je rêve que je suis étendue sous notre bon vieux télescope en attendant de me rendre à la cantine en compagnie de Perséa. Et d'Aldébarus.

VINGT-DEUX

Des picotements dans les doigts me ramènent sur Terra. Je ne sais pas depuis combien de temps je suis là, étendue dans la pénombre de ma petite chambre, mais mes bras engourdis me disent que ça fait un moment.

Je me redresse péniblement, les membres lourds et la tête qui tourne un peu. Je me passe les mains dans les cheveux en bâillant longuement et constate tout à coup qu'une petite veilleuse agrémente l'atmosphère de la chambre.

Je sors du lit au rythme ralenti des gestes faits dans l'absence d'air. Je me sens vraiment drôle. J'ai le nez embarrassé et la gorge me picote un peu. En ouvrant la porte de ma chambre, la lumière plus éclatante du couloir me fait cligner des yeux. Au passage, je jette un regard discret dans la chambre de Perséa, puis d'Aldébarus. Rien de nouveau à ce qu'il me semble. J'entreprends de descendre l'escalier et sur les dernières marches je commence à humer une odeur de nourriture. J'essaie d'inspirer plus fort mais mes poumons protestent en expulsant violemment l'air si péniblement admis.

Aussitôt j'entends des pas un peu traînants qui viennent vers moi. Le gardien apparaît, sourire aux lèvres.

— Vous êtes réveillée ?

— Euh... Je me le demande.

— Ah, ah, ah ! Avez-vous idée de l'heure qu'il est ?

— ... Non... Je crois que j'ai dû dormir une trentaine de minutes.

— Une demi-heure ! Vous pouvez en mettre, hein !

— Cela fait si longtemps ? dis-je étonnée.

— Il est près de onze heures maintenant. J'ai pas osé vous déranger. J'ai ouvert la veilleuse pour que vous soyez pas trop perdue à votre réveil.

— Oh, merci... Mais j'y pense... votre repas...

— Ah, ah, ah ! Je vous ai pas attendue, finalement. . Mais j'ai gardé votre part au chaud, si vous en voulez.

— Je suis un peu mal à l'aise... On dirait que j'ai perdu mon appétit quelque part...

— Loup-marin !, si je me fie à vos yeux, je pense que vous le retrouverez pas avant deux ou trois jours.

— Vous voulez dire... ?

Il s'approche de moi, touche mon front et hoche la tête.

— J'ai bien peur que vous échapperez pas au mal de vos compagnons. Venez vous asseoir.

Je le suis jusqu'à la cuisine en toussant un peu. Un couvert est encore mis et, c'est fou, je me sens coupable de ne pas avoir faim.

— Voulez-vous quand même un peu de soupe ? me demande-t-il.

L'idée de la nourriture ne m'enchante pas du tout.

— Tant pis, fait-il en riant devant mon air malheureux. Elle sera encore bonne demain et ce sont vos amis qui pourront en profiter. Perséa aura sans doute besoin d'une autre journée de repos mais Al, lui, sans être frais comme une rose, pourra sûrement se lever et manger un peu. Il le faut, pour reprendre des forces.

— Vous allez me donner de ce médicament ?

— Oui et tout de suite.

Ce qu'il fait.

— Et puis vous serez peut-être pas aussi mal en point qu'Al. Regardez Perséa. Son état est bien moins grave parce qu'elle a été soignée plus tôt.

— Comment s'appelle ce mal ?

— C'est simplement un bon rhume.

— C'est une sorte de bactérie qui est dans l'air terrestre ? C'est pour ça que nous ne sommes pas immunisés ?

— Non, non, non. C'est le résultat d'un refroidissement. Vous auriez pas dû vous baigner dans la mer et prendre des douches à ciel ouvert en plein automne. Il fait beaucoup trop froid pour ces sports-là en octobre.

Venant de l'étage, j'entends quelqu'un qui tousse. Le gardien n'a pas l'air de s'en inquiéter mais j'avoue que pour moi, il en est autrement.

— Ça vous arrive souvent, les terriens, d'avoir le rhume ?

— Ça dépend des gens. Disons deux ou trois fois par an.

— Alors on ne s'immunise pas contre ça ?

Le gardien éclate de rire.

— Ça m'a tout l'air que non parce qu'à mon âge, ça ferait longtemps que j'aurais exterminé tous les microbes imaginables, loup-marin !

— Quel âge avez-vous donc ?

Il me regarde en souriant.

— On vous apprend pas, sur la Lune, que c'est quelque chose qu'on demande pas ?

— Pourquoi ? C'est secret ? dis-je étonnée.

Il rit encore plus fort avant de répondre :

— Pour les dames, c'est carrément indiscret. Pour les hommes il paraît que ça a moins d'importance. Mais comme vous êtes pas d'ici et que de toute façon je me fiche pas mal de dire depuis combien de temps je rôtis au soleil, disons que j'ai vu cinquante-neuf printemps.

— Comment ça, cinquante-neuf printemps ? Je croyais qu'on calculait l'âge en années ici aussi !

— C'est une façon de parler, loup-marin ! Et vous ?

— Même si c'est indiscret de votre part de me le demander...

Je le vois rougir un peu.

— ... j'en ai dix-sept et je compterai apparemment la dix-huitième et les suivantes, s'il y en a, sur votre planète.

— Pourquoi y en aurait pas ?

— Ça dépend toujours des bombes.

— Oh ça ! On arrête pas de vivre pour ça, loup-marin !

Cinquante-neuf années... Jamais encore je n'avais vu d'être humain aussi âgé. J'examine son visage et je me dis que c'est peut-être le temps qui a creusé toutes ces rides et qui a grisonné ces cheveux.

— Qu'est-ce que vous avez à me regarder comme ça, hein ?

Et comme s'il lisait dans mes pensées il ajoute :

— Vous attendez-vous à ce que je me désagrège, là, devant vous ? Je suis pas à bout d'âge, hein !

— Jusqu'à quel âge peut-on vivre ici ?

— Ça dépend. Soixante-quinze, quatre-vingts. Des fois plus, des fois moins.

— Et de quoi meurt-on ?

Il hausse les sourcils puis se racle la gorge, mal à l'aise.

— De n'importe quoi, loup-marin ! Il y a bien assez de façons que vous le découvrirez toute seule.

— On peut mourir d'un rhume ? dis-je inquiète.

— Si on mourait de ça, hein, y aurait plus grand monde sur la terre ! Mais si vous voulez un conseil, vous feriez bien d'aller vous coucher sinon vous risquez de mourir d'horreur avant que le soleil reparaisse.

— Eh bien, justement... On peut aussi mourir du soleil, non ?

— Où avez-vous pris cette idée-là ?

— Nous avons trouvé une crème qui protège la peau contre...

— Oubliez ça, d'accord ? On en reparlera quand vous aurez moins de fièvre et que ma maison aura plus l'air d'un hôpital pour réfugiés.

— Mais..., veux-je protester.

— Pas de mais. Allez vous coucher, j'en ai assez entendu pour aujourd'hui.

Bon. Mais ce n'est que partie remise, par Jupitera ! Je ne suis plus une enfant qu'on envoie au lit juste comme la conversation devient intéressante.

VINGT-TROIS

Eh bien il faudra attendre les explications parce que je ne suis pas du tout en état de participer à quoi que ce soit. En fait je passe la journée suivante à moucher mon nez irrité et à tousser jusqu'à ce que mes côtes me fassent savoir qu'elles en ont plein le dos !

J'en profite pour garder le lit, ce qui ne m'était encore jamais arrivé. Ça a quand même un petit côté agréable de ne rien faire et de se laisser dorloter. Le gardien est fantastique. On dirait qu'il a fait ça toute sa vie. Il ne manque pas un rendez-vous pour me faire avaler mon médicament et il m'offre à tout moment toutes sortes de liquides pour me désaltérer. Le jus d'orange est exquis. Ça n'a rien à voir avec celui que nous produisions à la station.

Cependant les nuits n'ont rien de reposant. Mes voisins de palier se répondent à travers les murs en toussant à qui mieux mieux. Il m'arrive de me joindre à eux mais, humblement, j'ose affirmer que je ne leur arrive pas à la cheville. Le gardien a entrepris depuis notre arrivée (qu'il doit maintenant regretter, par Jupitera) de faire des rondes de surveillance, distribuant tantôt les petites pilules (qui viendront sûrement à manquer), tantôt un autre remède, liquide celui-là, qui est censé soulager la toux mais qui, à mon avis, ne vaut rien du tout.

Il est quatre heures vingt-deux du matin la dernière fois que je regarde mon chronomètre déposé sur la petite table à la tête de mon lit. Je me sens épuisée d'avoir si peu dormi et tant toussé. Je finis par m'endormir... à moins que je ne me sois tout simplement évanouie ?

•••

C'est la voix du gardien qui me réveille. Il est en bas, à la cuisine je suppose, et il parle à quelqu'un.

— Ça fait un sacré bout de temps que je t'ai pas vu, hein ? Tu sais pas ce que tu as manqué, mon vieux. La maison est pleine de visiteurs... Des visiteurs étranges qui viennent... Bien ils disent qu'ils viennent de la lune ! Ah, ah, ah !

J'entends de la vaisselle qui s'entrechoque mais personne ne répond à notre bienfaiteur.

— Écoute, Jérôme. Je leur dirai pas mais... je pense qu'ils sont tous les trois fêlés... ou bien des menteurs professionnels !

Par Jupitera ! Il n'a pas cru un mot de ce que je lui ai raconté.

— D'une façon ou d'une autre, me voilà bien embêté. Qu'est-ce que je vais faire d'eux autres, hein ? Ils pourront pas rester ici éternellement !

Comme Jérôme ne répond toujours pas, le gardien continue son monologue.

— Je pourrais les garder cet hiver, ça me ferait de la compagnie parce que toi, hein, on peut pas dire qu'on peut compter sur toi, loup-marin ! Je te vois apparaître quand t'es affamé et après... pfff... tu disparais dans le décor. D'ailleurs j'aimerais bien savoir où tu crèches.

Encore des bruits de vaisselle, puis je constate que je suis capable de percevoir l'odeur de ce qui doit être de la nourriture. Voilà enfin une bonne nouvelle ! D'abord j'ai faim et en plus mon nez semble avoir fini par se vider de toute cette eau qui me descend du cerveau. (Eh oui, le gardien dit qu'on a un « rhume de cerveau »).

Je décide de lui faire une petite surprise et, par la même occasion, de satisfaire ma curiosité au sujet du mystérieux Jérôme.

VINGT-QUATRE

Comme je ne peux pas paraître devant l'inconnu nageant dans un des pyjamas du gardien, je prends le temps de passer mes propres vêtements. Puis, en chaussettes — mes bottes sont quelque part en bas —, je descends l'escalier d'un pas un peu chancelant. Ces dernières journées de fièvre et de jeûne m'ont visiblement affaiblie.

À mon arrivée dans la cuisine, je ne sais pas lequel de nous deux, du gardien ou de moi, est le plus surpris ! Notre hôte est attablé devant un repas des plus appétissants et sur la chaise immédiatement à sa droite est assis... un animal. Installé sur son arrière-train, les pattes de devant sur le rebord de la table, il fait courir son museau sur le contenu d'un bol qui lui est sûrement destiné en propre, car il ne ressemble en rien aux couverts habituels.

— Tiens ! s'exclame le gardien dès qu'il me voit. Ça va mieux, ce matin, hein ?

Je n'arrive pas à dire un mot. Je fixe l'animal qui, lui, se fiche complètement de mon arrivée. Il mange.

— Il est beau, hein ? C'est Jérôme. Je vous en avais parlé.

— Jérôme... Mais...

Le gardien se met à rire si fort en voyant la mine que je fais que Jérôme en lève le nez de son repas pour le regarder, l'air de dire « Silence, Humain ! Tu déranges mes hormones ! » À cette réflexion je pouffe de rire à mon tour.

— Vous vous attendiez à voir quelqu'un, hein ?

— De la façon dont vous lui parliez il y a une minute...

— C'est intelligent, ces petites bêtes-là, vous savez ?

— Non, je ne savais pas. C'est la première fois que je vois un vrai animal. Au fait, qu'est-ce que c'est ?

— Vous en avez pas de ça, en Russie ? demande-t-il avec une sorte d'éclair dans les yeux.

— En Russie, je ne sais pas, mais pas sur Luna en tout cas.

— Luna, hein...

— Vous ne me croyez toujours pas ? Pourtant vous nous avez vus amerrir !

— Oui mais de là à dire que vous arriviez de la Lune, loup-marin ! Avouez que c'est assez rude à avaler. Mais parlant de manger, vous vous sentez en forme pour un petit déjeuner ?

— Je pense que oui, dis-je.

Mais en jetant un œil circonspect sur le contenu du bol de Jérôme, je grimace un peu.

— Qu'est-ce que c'est ?

— Une pâtée au thon. Les chats en raffolent. Mais inquiétez-vous pas, j'y ai jamais goûté et vous y toucherez pas non plus. Heureusement il existe des choses bien meilleures pour les humains.

Et il se lève pendant que moi je prends place au bout de la table, à bonne distance du *chat*. Je l'observe avec intérêt. Les images qui me reviennent en mémoire, tirées des nombreuses photographies sur microfilms que possédait la station, ne sont pas aussi charmantes que le spécimen que j'ai sous les yeux. Plus je le regarde et plus je le trouve mignon. Il mange sans s'occuper de moi le moins du monde. Il n'est donc pas farouche à l'endroit des humains, même de ceux qu'il n'a jamais vus.

Le gardien dépose devant moi un verre de son excellent jus d'orange et un bol de... par Jupitera, je ne peux pas dire que le contenu soit plus ragoûtant que celui du chat.

— Allez, mangez ! C'est du gruau tout chaud qui va vous replacer l'estomac, vous pouvez en être sûre.

Je tends le nez vers le bol mais je ne sens rien. J'y plonge ma cuillère et brasse lentement le contenu crémeux.

— Vous aimez la cassonade ?

— Pardon ? fais-je en levant les yeux.

— C'est meilleur avec de la cassonade.

Il ouvre un petit pot qui est sur la table et, avec une cuillère, il en saupoudre de gros grains sur le gruau. C'est déjà meilleur, pour les yeux en tout cas ! Je suis sur le point d'y goûter lorsque j'entends quelqu'un dans l'escalier. Je lève les yeux et souris à Perséa. Mais elle ne semble pas me voir. Son visage est angoissé. Pourvu qu'il ne soit rien arrivé de grave à Aldé...

— Capitaine ! Il y a quelqu'un dehors. Un véhicule avec des lumières qui tournent sur le toit.

— La police ? fait le gardien en fronçant les sourcils. Qu'est-ce qu'ils veulent ?...

— C'est quoi la *police* ? dis-je.

— Je vous expliquerai plus tard.

On frappe trois coups à la porte. Le gardien se dépêche d'aller ouvrir, comme s'il craignait de faire attendre les mystérieux visiteurs. Au moment où il ouvre apparaissent deux hommes en uniforme. Ils portent une arme à leur ceinture et leur mine n'a rien de bien sympathique. Je dirais même qu'ils sont plutôt inquiétants.

VINGT-CINQ

— Entrez ! Qu'est-ce qui vous amène dans le coin ?

— Nous avons reçu un appel, tôt ce matin, répond un des deux hommes de la police.

— Ah oui ?

— Le chalet des Saint-Pierre a été défoncé et...

C'est à ce moment que l'homme nous aperçoit, Perséa et moi, assises à la table.

— Tu as des visiteuses à ce que je vois ?

— Oui, des touristes, confirme le gardien.

— As-tu transformé ton palace en hôtel ? dit-il en souriant.

— Non, non. C'est seulement... un dépannage. Mais qu'allais-tu me dire, Georges ? Un chalet a été cambriolé ?

— Pas tout à fait cambriolé puisque les malfaiteurs n'ont rien pris, ce qui est d'ailleurs assez surprenant.

— Oui, ajoute le deuxième homme. Ils ont fracassé une fenêtre pour entrer, puis il semble qu'ils y aient pris un repas et probablement passé la nuit.

Prendre un repas ? Il en a de bonnes, lui ! Aussi bien dire que ce que nous avions sur Luna étaient des banquets... Atchoum !... somptueux !

— Passé la nuit ? répète le gardien d'un air innocent. Mais pourquoi viens-tu me dire tout ça ?

— Tu as peut-être vu des rôdeurs aux alentours ? De là-haut tu as une vue superbe.

— Je suis désolé mais avec le temps qu'il a fait, j'ai vu personne.

— Et ces demoiselles ? Elles ne sont « personne » ? dit le policier en souriant encore.

— Ce sont pas des rôdeurs, rétorque le gardien. Elles sont venues pour visiter la station et comme elles étaient un peu grippées, je leur ai offert de coucher ici après leur avoir fait comprendre que la saison se prêtait plus très bien au camping, loup-marin !

— Et où êtes-vous donc installées, mesdemoiselles ? nous demande le curieux.

Je regarde Perséa qui devrait avoir une bonne idée, comme d'habitude, mais elle ne semble pas très en forme et bredouille d'une voix nasillarde, après s'être raclé la gorge :

— ... Euh... Je ne sais pas comment vous expliquer l'endroit exact...

— Tiens ! C'est drôle votre accent. D'où venez-vous donc ?

Pas question de parler de Luna à ces deux personnages qui veulent tout savoir.

— D'Europe, dis-je.

— Vous n'êtes pas Françaises... ni Anglaises...

— Non, nous sommes Russes.

L'homme sursaute légèrement. Qu'ont-ils tous contre les Russes ?

— Russes ?

Son compagnon s'est placé à sa droite et a passé les pouces derrière sa ceinture, au niveau des hanches, lorsque nous entendons une porte s'ouvrir. Oh non ! Pas... Une quinte de toux retentit dans le couloir de l'étage et je ferme les yeux. Ignorant ce qui se passe, Aldébarus se met à descendre l'escalier, reniflant et toussant. Puis, levant les yeux et s'apprêtant à parler, il s'arrête brusquement en voyant les hommes en uniforme.

— Alors, Al ! Comment ça va ce matin ? fait le gardien d'un ton qu'il voudrait naturel.

Une quinte de toux lui répond.

— Aaaah, tu ferais bien de retourner au lit. Je te monterai ton petit déjeuner tout à l'heure, dès que ces messieurs seront partis.

D'une petite voix malade Aldébarus dit simplement :
— D'accord.

Et il fait demi-tour pour rejoindre sa chambre. Après un moment, Georges, le policier bavard, reprend son interrogatoire.

— Quelle épidémie de grippe !... Lui aussi est un touriste ?

— Oui. Il est avec ces deux demoiselles.

— Des Russes... Mais d'où tombent-ils comme ça ?

Tout à coup j'ai peur que le gardien plaisante en répondant « Du ciel ! » mais il s'en abstient. Par contre il semble de plus en plus nerveux.

— Tu crois, Georges, que ce sont eux les vandales, mais c'est impossible. Ils sont ici depuis deux jours, alors ils ont pas pu entrer chez les Saint-Pierre.

— Gérard n'est pas allé à son chalet depuis trois jours. Et comme il semble impossible de savoir exactement d'où sortaient tes... touristes en arrivant ici, moi je pense qu'ils ont fait le coup et que s'ils n'avaient pas été malades, qui sait ce qu'ils auraient fait de toi, un vieux bonhomme tout seul ! Je pense aussi, ajoute-t-il en nous regardant, qu'ils ne sont pas plus Russes que moi je suis Chinois !

Perséa se met alors à nier leurs accusations, dans notre langue maternelle.

— Tu vois bien que ce sont de vraies Russes ! s'exclame le gardien.

— Tu sais parler cette langue-là, toi ? demande le deuxième policier.

— ... Non, avoue le gardien.

— Alors qui te dit que c'est vraiment ça qu'elle parle ?

Le gardien reste bouche bée. J'ai alors une idée.

— Monsieur, dis-je en français en m'adressant au nommé Georges. Placez ceci dans votre oreille.

Je lui tends mon interprète. Comme l'a fait précédemment le gardien, il le regarde d'un air soupçonneux.

— Allez-y, insisté-je.

Il se décide à l'essayer.

— La voix dans votre oreille parle en russe. C'est un traducteur simultané. Un interprète électronique.

— Et alors ? Que voulez-vous me prouver avec ça ? Moi, tout ce que je comprends, c'est que vous êtes sans doute une bande d'escrocs drôlement bien organisée.

L'autre policier dégaine aussitôt son arme et la pointe dans notre direction pendant que je me demande ce qu'est un *escroc*, n'ayant plus mon interprète pour traduire ce mot.

— Vous êtes en état d'arrestation. Tout ce que vous direz à partir de maintenant pourra être retenu contre vous.

Il retire mon appareil et je tends la main pour qu'il me le rende, mais il le met plutôt dans sa poche.

— Et je confisque ça.

VINGT-SIX

Nous prenons place sur la banquette arrière du véhicule des policiers. Dès les portières refermées, Aldébarus constate qu'elles sont bloquées. Le gardien, l'air piteux, reste debout devant sa porte, Jérôme à ses pieds. La corne de brume est enfin silencieuse puisque le soleil brille de tous ses feux. Dans quelques minutes, la station aura retrouvé sa quiétude. Cela me peine que cet homme qui nous a si bien soignés croie maintenant que nous avons abusé de sa confiance.

Même si un grillage sépare le siège avant de celui sur lequel nous nous trouvons, tassés les uns contre les autres, l'homme qui ne pilote pas se tourne vers nous. C'est le plus bavard des deux, celui qui m'a confisqué mon appareil, celui que le gardien a appelé Georges.

— Comment vous appelez-vous ? demande-t-il. Vous n'êtes pas obligés de répondre mais...

— Je suis Siria, dis-je, et voici Perséa et Aldébarus.

— C'est bien ce que je disais, rétorque le pilote. Ces noms-là n'ont absolument rien de russe.

— Siria qui ? demande Georges sans s'occuper de la remarque de son partenaire.

— Comment ? fais-je en fronçant les sourcils.

— Ton nom de famille.

— ... Euh... Je n'en ai pas.

— Allons donc ! Tout le monde a un père et une mère !

— J'avais un père et une mère mais je n'ai pas de nom de famille. D'ailleurs je ne vois pas le rapport...

— Et d'où venez-vous exactement ?

— Nous ne venons de nulle part, répond Aldébarus. Terra est notre planète d'accueil... et laissez-moi vous dire que pour l'accueil, il serait difficile de trouver pire !

L'arrogance d'Aldébarus ne nous aidera sûrement pas, par Jupitera !

— Il est encore en plein délire, celui-là ! rétorque le pilote.

Aucun de nous trois ne répond. Ces hommes ne nous croient pas et en plus nous n'avons aucun moyen de prouver nos dires. Nous aurions pourtant tant de choses à raconter.

Le reste du voyage se fait en silence. Au bout d'un certain temps, nous apercevons une agglomération assez importante tapie au pied d'une chaîne de montagnes et se prolongeant jusqu'sur les bords d'une vaste étendue d'eau qui doit être l'océan. Un panneau à l'entrée de cette ville annonce : BIENVENUE CHEZ NOUS.

C'est à mourir de rire...

VINGT-SEPT

Il semble que nous traversions l'agglomération au complet avant d'arriver à destination. Cela nous permet de voir enfin ce qu'est une ville. Les mots me manquent pour tout décrire. Même en russe je ne saurais nommer les immeubles, les panneaux de signalisation, les différents objets qui longent la voie : des boîtes de métal rouges, des contenants en bois et en ciment, des signaux lumineux verts, jaunes et rouges, des poteaux à grosse tête avec une aiguille qui indique je ne sais quoi, des véhicules sur deux roues mus par l'énergie musculaire des personnes qui les chevauchent, d'autres panneaux couverts d'affiches de toutes sortes où l'on voit des visages, des dessins, des mots...

Mais ce qui est le plus gênant ce sont tous ces gens qui nous regardent. Il y en a des dizaines qui marchent le long des rues et partout sur notre passage ils cherchent à voir qui est à l'intérieur de notre véhicule.

Notre point d'arrivée se trouve juste à la sortie de la ville, là où il y a moins de gens et moins de circulation. Nous quittons la rue pour nous engager dans une vaste cour qui donne accès à un bâtiment immense. Tout autour sont plantés des poteaux reliés entre eux par des fils de fer. Je me demande pourquoi.

Quand le véhicule s'immobilise, les deux policiers descendent puis, accompagnés de deux autres hommes armés qui viennent du bâtiment, ils nous aident à sortir nous aussi. Nous n'offrons aucune résistance et nous suivons les terriens, toujours en silence, si ce n'est quelques chatouillis au fond de la gorge qui nous font tousser et renifler. Je sens aussi des bouffées de chaleur qui me montent au visage.

Nous entrons dans l'immeuble. Dans une pièce bruyante se trouvent plusieurs hommes et femmes en uniforme ainsi que, assis sur les bancs, d'autres hommes et d'autres femmes les mains entravées, attendant je ne sais quoi.

Le policier qui mène la marche frappe discrètement à une porte sur notre droite et une voix crie d'entrer. La pièce est plutôt étroite et une large table de travail occupe presque tout l'espace. Un homme à l'allure carrée est assis derrière, adossé confortablement à son fauteuil. D'un signe de tête, il nous dit de nous asseoir, puis à notre escorte qu'elle peut disposer. Ces derniers quittent la pièce sans un mot. Apparemment nous étions attendus. Un autre petit coup à la porte détourne l'attention de l'homme. C'est Georges qui revient déposer quelque chose sur la table de travail.

— J'allais oublier.

— Qu'est-ce que c'est ? demande l'homme assis.

— Ils appellent ça un « interprète », répond l'autre en souriant d'un air entendu avant de disparaître pour de bon.

— Vous parlez français ? nous demande l'homme dès que la porte est refermée.

— Oui, monsieur, répond Aldébarus.

— Il paraît que vous êtes des étrangers ?

— Oui, monsieur, répète Aldébarus. Nos parents étaient... Russes.

Après sa petite hésitation, il se met à tousser. Son visage blême prouve bien qu'il est encore mal remis de sa maladie.

— Comment êtes-vous arrivés ici ? Qu'est-ce que trois... disons touristes russes – c'est ce que vous prétendez être – viennent faire dans notre coin perdu ?

— Nous venons de là, dit Aldébarus en pointant le ciel derrière la fenêtre.

— Où ça, « là » ? insiste l'homme.

— Là où les Américains ont été les premiers à poser le pied. Là où le sol n'est que poussière et le ciel rempli d'étoiles à toute heure du jour.

Hmm ! Je ne crois pas que ce genre de réponse puisse plaire à l'homme carré.

— Racontez-moi, dit pourtant celui-ci d'une voix grave.

— Avez-vous seulement l'intention de nous écouter jusqu'au bout ? demande à son tour Aldébarus. Nous avons besoin de parler à quelqu'un qui soit enfin prêt à nous croire. Nous ne sommes pas des « malfaiteurs ». Nous sommes des réfugiés.

— Ah ! Des réfugiés russes ! Voilà qui a déjà plus de crédibilité.

Cette remarque nous surprend tous mais je crains qu'il n'y ait malentendu.

— Nous sommes des réfugiés russes qui ne viennent pas de l'Union soviétique, précisé-je. Nous venons... de Luna.

L'homme carré se passe une main sur le visage en soupirant.

— S'il vous plaît, écoutez-nous jusqu'au bout, supplie Perséa de sa voix enrhumée. C'est tout ce que nous vous demandons.

VINGT-HUIT

Je suis assise sur ma couchette, le dos contre le mur, les yeux dans le vide. À quoi puis-je rêver d'autre qu'à ces milliers d'étoiles qui m'ont tenu compagnie en ces rares moments de calme qui ponctuaient ma vie de cadet ?

Mais ici c'est tout le contraire. Les journées sont pleines de moments vides où je n'ai rien d'autre à regarder que ce satané mur blanc qui me fait face. De temps à autre, sans avertissement, des femmes-gardiens en uniforme viennent me chercher et m'enferment dans une pièce encore plus petite, entre des murs encore plus étroits, sans fenêtre, avec pour seule lumière une énorme lampe qui tombe du plafond et me frappe en plein visage, alors que mes interlocuteurs, eux, restent dans l'ombre.

Je ne peux pas dire combien de dizaines de fois j'ai raconté notre histoire, sans en changer une seule virgule, malgré leurs tentatives de me confondre. Pourtant ils s'obstinent à ne pas me croire. Je suppose qu'ils en font autant avec Perséa et Aldébarus. Les interrogatoires se font toujours séparément, de sorte que j'ignore ce que racontent mes compagnons mais, par Jupitera, ça ne peut pas être tellement différent puisque nous avons tous vécu la même histoire depuis dix-huit ans que nous existons, et depuis... (au fait depuis combien de temps)... que nous sommes sur Terra ?

Je reconnais les pas qui s'approchent de ma cellule. La démarche est décidée, autoritaire, presque militaire. Fixant toujours le mur devant moi, je vois apparaître un uniforme que je connais maintenant trop bien. La femme qui le porte introduit une grosse clef dans la serrure et fait coulisser la porte en m'ordonnant de sortir.

C'est ce que je fais, mais le plus lentement possible. Après mon empressement des premiers jours, ma conviction que tout allait s'arranger pour le mieux, j'en suis à ne plus croire en rien, à me ficher complètement de ce qui pourra m'arriver. Pour moi la bataille est terminée. Si seulement je pouvais voir Perséa et Aldébarus, leur parler... dans notre langue. Il me semble que ça me redonnerait du courage.

— Attendez là.

Je m'arrête aussitôt, au garde-à-vous, par habitude. J'entends une autre clef qui tourne dans une autre serrure, un peu derrière moi, et une porte qui glisse.

— Venez.

De petits pas hésitants s'approchent dans mon dos et je crois deviner à qui ils appartiennent. Lorsqu'ils s'arrêtent je me retourne et découvre une Perséa aux joues creuses et aux yeux brillants.

— Je suis contente de voir que tu es encore là, dis-je.

— Suivez-moi ! dit la femme-gardien en nous précédant de quelques pas.

A la sortie du couloir, venant apparemment d'une autre aile, arrive Aldébarus escorté d'un homme-gardien. Lui aussi n'a pas très bonne mine mais il sourit en nous voyant.

Nous pénétrons dans la petite pièce que nous connaissons trop bien mais cette fois trois chaises sont alignées côte à côte et deux hommes en uniforme nous font face de l'autre côté de la table. Nous nous assoyons, les mains sur les genoux, et attendons. Les minutes passent et je sens l'impatience me gagner. Je m'efforce de ne pas bouger mais j'ai une envie folle de me gratter le nez.

— Vous savez quel jour nous sommes ?

— Comment voulez-vous que nous le sachions, monsieur ? répond poliment Aldébarus. Nous ne pouvons voir dehors, vous nous avez pris nos chronomètres, vous nous réveillez à toute heure...

— Nous sommes le 31 octobre.

Pour toute réponse je hausse les épaules en pensant : « C'est ce jour-là qu'on exécute les espions, sur Terra ? Alors allez-y, qu'on en finisse une fois pour toutes ! »

Car il s'agit bien de cela. Le major Kaparov croyait que les Russes que nous sommes ne seraient pas vus comme des ennemis dans ce pays, mais apparemment il se trompait.

— C'est l'Halloween, la nuit des morts-vivants, des fantômes et des sorcières. Des revenants, aussi. Finalement c'est un peu ce que vous êtes, non ?

— Des morts-vivants ? demandé-je.

— Non, des revenants. D'ailleurs nous avons une surprise pour vous.

Les deux hommes se lèvent et nous en faisons autant. Escortés par nos gardiens, nous suivons celui qui me paraît être le chef. Nous nous arrêtons à quelques pas de la porte et l'homme se retourne vers nous.

— Enfilez ces vêtements, vous en aurez besoin. Le temps est plutôt frais ce soir.

À son exemple et à l'exemple de tous nos accompagnateurs, nous passons les manteaux que l'on nous tend.

— Bien. Nos... visiteurs prendront place dans la même voiture que Richard et moi. Julien et Marcel, vous nous suivrez.

— Vous ne croyez pas..., commence à dire Julien ou Marcel.

— Nous pouvons leur faire confiance, j'en suis certain.

Voilà qui fait plaisir à entendre. Nous nous regardons tous les trois et Aldébarus grimace en signe de surprise. La porte s'ouvre et du coup j'arrête mon élan vers l'extérieur. Perséa, qui me suit de près, n'a pas le temps de réagir et me rentre dedans. Aldébarus, qui est plus grand que nous et qui a sans doute vu la même chose que moi, s'écrie au même instant :

— Diable ! Qu'est-ce que c'est que ça ?

— Quoi ? Qu'y a-t-il ? demande Perséa qui me pousse de côté pour voir ce qui se passe.

Je lui fais une place et tout ce qu'elle trouve à dire c'est :

— Que c'est beau !

VINGT-NEUF

À cette exclamation, tous les hommes qui nous entourent éclatent de rire.

— Vous ne me ferez pas croire que c'est la première fois que vous voyez tomber de la neige ! s'étonne Marcel... ou Julien.

— Il ne tombait jamais rien sur Luna, rétorque Aldébarus, à part un satellite ou un astronef de temps en temps.

Les hommes rient de plus belle mais, curieusement, cette fois ils ne nous traitent pas de menteurs.

— Alors c'est ça, la neige ? dis-je en ouvrant de grands yeux et en levant la tête vers le ciel.

Des milliers et des milliers de flocons cotonneux viennent se poser sur nos têtes et nos épaules. Je tends la main pour en recevoir quelques-uns afin de les examiner de près mais, malheureusement, sitôt déposés, ils se mettent à frétiller et à disparaître.

— Cela fond ? dis-je en fixant ma main humide.

— Ils n'aiment pas la chaleur, explique le chef. Maintenant venez, nous avons bien d'autres choses à voir.

Nous nous entassons tous les trois sur le siège arrière d'une auto-patrouille (gyrophares éteints cette fois) et nous partons vers une destination inconnue. Malgré la nuit, la rue est éclairée comme en plein jour en raison de puissants réverbères situés de part et d'autre de la voie. De temps à autre de grandes vitrines sont illuminées par des enseignes annonçant le nom de ce que notre guide improvisé nous affirme être des « magasins ». Ici et là, des gens se hâtent, la tête basse et les mains dans les poches.

— C'est ça, des morts-vivants ? demande Aldébarus.

Le chef et notre pilote, Richard, éclatent de rire.

— Dans un sens oui, mais ceux-là ne disparaîtront pas à minuit.

— ...

Dès que nous quittons la ville, les réverbères se font moins nombreux, de sorte qu'il règne une certaine obscurité. Le conducteur bifurque tout à coup vers une petite rue qui glisse entre d'énormes arbres aux branches nues. Malgré la neige qui tombe toujours et qui apporte un petit côté charmant, ces arbres me font penser à des squelettes tendant leurs os vers l'espace.

Le nez collé aux vitres de l'auto-patrouille, nous assistons à des scènes bizarres. Pour tout dire, je trouve ça tout à fait lugubre. Des éclairages bien agencés amplifient les ombres de mannequins de paille aux allures de spectres venus d'outre-tombe.

— Les décorations sont magnifiques, cette année ! s'exclame le chef. On dirait de vraies sorcières, ... et là des morts jaillissant de leur tombeau en hurlant, ... et des fantômes prêts à vous sauter à la gorge...

Par Jupitera, je me demande quel plaisir peuvent avoir les terriens à reconstituer ainsi le monde des morts !

— C'est dommage que la neige vienne égayer le paysage, soupire Richard le pilote.

— Ouais, approuve le chef.

— Pourquoi nous montrez-vous tout ceci ? dis-je, de plus en plus perplexe.

— Oh, ce n'est qu'un hasard si nous tombons sur le soir de l'Halloween. Ce n'est pas le but de notre sortie.

Ah bon !

Comme il fait noir, nous n'avons aucune idée de l'endroit où nous nous trouvons. J'espère qu'eux, au moins, le savent ! Sur la route balayée par les phares de notre véhicule, nous fonçons à toute allure dans ce voile de neige qui semble se précipiter vers nous à une vitesse vertigineuse. De temps à autre, les phares d'une autre voiture nous croisent et chaque fois, j'ai l'impression que nous allons entrer en collision. Mais les deux policiers, eux, semblent trouver cela tout à fait normal et il ne leur vient même pas à l'idée de ralentir.

Puis tout à coup le chauffeur actionne un clignotant. Il amorce un virage sur sa droite, empruntant ainsi une petite route non bitumée. La neige y a laissé un mince tapis de flocons sur lequel nous sommes les premiers à passer. Dans le silence de la nuit, je crois percevoir un bruit qui m'est familier.

— Vous entendez ? dis-je à l'intention de mes compagnons.

Je leur laisse quelque temps pour tendre l'oreille puis Perséa s'écrie :

— C'est la corne de brume !

TRENTE

Nous avons une curieuse façon de nous présenter chez le capitaine Lavoie. Surgissant la première fois du brouillard, voilà que maintenant c'est un épais rideau de neige qui nous entoure. À peine avons-nous atteint la station que je vois le bonhomme sortir de sa maison, tout emmitouflé et d'un pas alerte. On dirait bien qu'il nous attendait.

Le véhicule s'immobilise et les phares de la voiture qui nous suit viennent éclairer le gardien à leur tour. Les policiers sortent de l'auto-patrouille et se dirigent vers le capitaine. Nous voudrions bien en faire autant mais nous sommes coincés à l'intérieur. Ils nous laissent patienter comme ça de longues minutes avant de venir à notre secours. Sitôt libérés, nous sommes conduits à l'intérieur de la maison.

Il y fait bon et chaud. Je me demande pourtant pour quelle raison ils nous ont amenés jusqu'ici.

— Vous désirez un café avant la visite officielle ? offre le gardien.

Le chef des policiers nous regarde puis sourit avant de répondre :

— Ne les laissons pas languir plus longtemps.

— Ils savent pas pourquoi ils sont là ? s'étonne le gardien.

— Non. Nous voulions leur faire la surprise.

— C'est pourtant pas Noël, loup-marin !

— Eh bien ce sera comme un gros bonbon d'Halloween ! s'exclame Julien — ou Marcel.

Ils rigolent tous un bon coup encore, mais devant notre air misérable (je suppose que c'est pour ça) ils se décident enfin à nous faire voir cette satanée surprise.

De nouveau dehors, nous sommes entraînés vers l'arrière des bâtiments où se trouve la plage. D'autres hommes sont déjà là, si bien enserrés dans leurs habits qu'ils ont l'air de cosmonautes. Ils tiennent chacun une torche électrique et sont postés devant quelque chose d'énorme que je ne distingue pas bien. Une sorte de ruban jaune en fait le tour.

Nous nous approchons encore... et encore... jusqu'à ce que je m'arrête aussi brutalement que tout à l'heure, lorsque j'ai vu la neige pour la première fois. Perséa et Aldébarus font encore quelques pas, puis Aldébarus se laisse tomber sur les genoux, pris d'un fou rire irrépressible. Perséa tend les mains devant elle, comme si elle voulait s'assurer que ce qu'elle touchera dans quelques instants est bien réel.

Tous les hommes tournent maintenant leur torche vers le monstre tiré des eaux et illuminent le plus beau fantôme à être revenu sur la terre : notre astronef.

ÉPILOGUE

L'homme carré, qui s'appelle en réalité Cimon, est assis dans le bureau de son supérieur, l'inspecteur Samson. Il vient de déposer devant ce dernier le rapport d'enquête concernant l'affaire SPA. Son patron le feuillette plutôt superficiellement parce qu'il déteste les rapports écrits. Il préfère de beaucoup s'entretenir avec ses enquêteurs.

— Dites donc, Cimon, vous avez fait diligence dans cette affaire !

— Il le fallait, monsieur. Il en allait de la réputation des trois jeunes. Leur histoire était tellement fantastique !

— Ils auraient pu monter un scénario de toutes pièces, le mémoriser puis le répéter jusqu'à s'en imprégner dans les moindres détails.

— Oui mais pour quelle raison auraient-ils fait ça ? Nous avons d'abord vérifié s'ils parlaient véritablement russe et si le petit appareil qu'ils nous avaient montré servait bien à ce qu'ils prétendaient.

— C'étaient des réfugiés politiques ? suggère Samson.

— La Russie est maintenant ouverte, monsieur. Ce qu'ils ignoraient, d'ailleurs. Quand nous les avons interrogés sur leur pays d'origine, les seules informations qu'ils ont pu nous donner remontaient à la fin des années 70.

Samson hoche la tête en pianotant sur son bureau.

— Mais avant même de commencer les interrogatoires en règle, nous avions recueilli le témoignage du gardien du phare.

— Qu'est-ce qu'il fait dans l'histoire, celui-là ? s'étonne Samson.

— Il a cru apercevoir leur astronef quand il s'est abîmé en mer. Rien de moins.

Samson émet un sifflement admiratif.

— Pourquoi n'en a-t-il rien dit plus tôt ?

— Il avait sa petite idée mais il avait peur de paraître ridicule devant la police. Quand nous l'avons interrogé, il a émis des réserves mais il a quand même pu nous dire assez précisément où l'impact avait eu lieu. Avec l'assistance de la Garde côtière...

— Et pour la suite de l'histoire ? Peut-on savoir s'il reste vraiment quelqu'un là-haut ?

Cimon hausse les épaules.

— Je crois que ce n'est plus de notre ressort.

— En effet, reconnaît Samson. N'empêche que je serais bien curieux de savoir si...

Il regarde par la fenêtre. Il fait nuit mais d'où il est situé, il ne peut voir le mystérieux satellite naturel.

— La face cachée de la lune mérite bien son nom, maintenant.

Des livres pour toi
AUX ÉDITIONS DE LA PAIX

125, rue Lussier
Saint-Alphonse-de-Granby
(Québec) J0E 2A0
Téléphone et télécopieur (514) 375-4765
Courriel editpaix@total. net
Visitez notre catalogue électronique
www.netgraphe.qc.ca/editpaix